舌尖上的爱情

郭眉扬　刘文骏　著

河南科学技术出版社
· 郑州 ·

图书在版编目（CIP）数据

舌尖上的爱情 / 郭眉扬，刘文骏著．— 郑州：河南科学技术出版社，2017.11
ISBN 978-7-5349-8845-5

Ⅰ．①舌… Ⅱ．①郭… ②刘… Ⅲ．①随笔－作品集－中国－当代
Ⅳ．① I267.1

中国版本图书馆 CIP 数据核字（2017）第 174952 号

出版发行：河南科学技术出版社
地址：郑州市经五路 66 号　　邮编：450002
电话：（0371）65737028　　65788613
网址：www.hnstp.cn
策划编辑：刘　欣
责任编辑：刘淑文
责任校对：徐小刚
整体设计：张　伟
责任印制：张艳芳
印　　刷：北京盛通印刷股份有限公司
经　　销：全国新华书店
幅面尺寸：170 mm × 235mm　　印张：12.5　　字数：200 千字
版　　次：2017 年 11 月第 1 版　　2017 年 11 月第 1 次印刷
定　　价：59.00 元

郭眉扬（May，郭主编）

复旦大学本科毕业后去了美国哥伦比亚大学，在那里获得精算硕士学位。之后成为美国再保险集团的精算师。机缘巧合，在朋友家的聚会上认识了刘文骏医生。终于跟随刘医生（未婚夫）的脚步移居新加坡。在刘医生指导下开始学习欣赏葡萄酒，吃货模式渐渐开启。

刘文骏（Jeffrey，Dr. Lau）

澳门长大的温柔贴心大男孩。18 岁赴美国读大学。自带学霸属性，获得华盛顿大学生物学、医学两个博士学位。母语粤语，精通英文、普通话，因为吃货原因略通法文，因为想去南美洲做无国界医生而学了西班牙语，印度尼西亚语也够点菜用的。皇马球迷，认证葡萄酒品酒师（Certified Specialist of Wine）。现为新加坡国立心脏中心医生，据病人反映是新加坡国立医院中话最多的医生。

May

Jeffrey

爱是我们唯一的语言

离开纽约三年后的夏天又回了一次纽约。在回去之前，有个纽约的朋友问我：“你回到纽约有没有最想吃的东西？”

国人似乎甚少了解美国饮食。作为一个年轻的国家，美国食物大多是随着移民进入美国的舶来品。但全球化的迷人之处在于：一种食物离开本土后在一个新的地方获得新生命，它们和移民一起在新土地上扎根、成长、传播。

而 Jeffrey 写的就是那些在这片新土地上的食物们的新生命。我们有各种各样的美食书，中国人写中国美食，中国人作为旅行者写外国美食，却鲜有中国人长期居住在美国写美国餐厅的。

人家都说，你吃下去的东西塑造了今天的你（you are what you eat, you are what you write）。（有没有这个？）我觉得写吃的文章是这两者都有。你读一个人吃过什么和他的体会，就能读出这是个什么样的人。Jeffrey 无疑是一个真诚的人，在每一个餐厅吃出很个人的体验，诚恳地写了出来，交代给信件那头的女孩。不仅在乎吃，也在乎分享的人。这种专注、倾诉和分享都很动人。这也是我们在所有的美食书中寻找的东西。陈晓卿一直说，其实好吃的不是食物，是“人”。所有的美食都离不开人及其维系的感情。所有印象深刻的美食记忆都是因为当天那场畅快的交谈，或者有趣的朋友，或者心爱的恋人，不会仅仅是因为食物。

在纽约机场候机回国的时候，有个咖啡厅门口有电视放欧洲杯比赛，人群中时不时爆发出一阵阵欢呼声，吸引周围人探头张望。这大概是这越来越小的世界最迷人的一部分——上帝创造了巴别塔，变换了多少语言、民族将我们分离，但无论出生地相隔多远，无论来时的路上经历了多少风霜雪雨，无论文化和环境将我们塑造成了多么不一样的人，爱是我们最后懂得彼此的唯一语言。对球赛的热爱，对音乐的热爱，对美食的热爱，对彼此的爱和尊重，最终会将我们带到一起，共同分享生命中珍贵的每一刻。

[illegible]

2016.6.12

序一

这本书记录了美国密苏里州圣路易斯市不同特色的餐厅。

等等，先别把书放下，最少先看完这一篇。这书讲的不只是餐厅。

在写《美闻手札》* 的初段，郭主编和我商量："这本书到底应该怎样定位？如果能够放在书店里卖，它应该放在哪一区？美食？旅游指南？游记？散文？"

我一直没回答她。其实从一开始，我对这本书就有了一个很明确的定位：主题，其实是爱情。

书里记录的，是我和郭主编由初相识（《时间的味道：老王牛肉面》），到彼此相处而不局促（《相交的平行线：首尔花园》），到加深了解（《让你珍惜每一口的 fine dining 体验：Farmhaus》），到友达以上，恋人未满的阶段（《令人崩溃的瑞士火锅：The Melting Pot》），直到相互委身，"相娱以没——相互娱乐直至人生尽头"（《每星期六营业的免费小食街：Whole Foods Market, Word Market, Trader Joe's 和 The Wine Merchant》）的历程。用的文字，也渐渐地由轻幽默、冷笑话，一步一步演化成我最拿手的、无可救药的重口味（《令人晕眩的红酒巧克力搭配：Bissinger's 巧克力专门店》）。一路以来，多得了郭主编对我的包容和放纵，让这计划能够成事。毕竟，一本以爱情为主题的书，却充斥着"耻毛""一粒米鸡鸡""签名内裤""纵情摇摆"等欠缺高雅的字眼，这对于有文字洁癖的郭主编，不是一件容易的事。

当然，我们渴望这书给读者们的观感，是乐而不淫，言之有物。我们也倾注了生活教会我们的点滴，浓缩在这有限的篇幅里。单单可口的食物不足入我们法眼：我们希望文章里的食物、食肆和发生在其中的故事，满足口腹之余也能丰富内心。

---

* 编者注：本书原名《美食手札》，后曾改为《美文手札》《美闻手札》等，定稿后改为《舌尖上的爱情》。

但亲吻读者“尊臀”（kiss the readers’asses）却一直不是我们写这书的原意。我看金庸的《笑傲江湖》，里面有一段讲到青梅竹马的男主人翁令狐冲和他的小师妹岳灵珊，在五岳大会上比剑：“……出剑转慢，眉梢眼角，渐渐流露出昔日青梅竹马的柔情。这与其说是‘比剑’，不如说是‘舞剑’，而‘舞剑’两字，又不如‘剑舞’之妥帖，这‘剑舞’却又不是娱宾，而是为了自娱。”

在写这书的时候，我也是满满的这种“自娱”的心态：我能怎样透过文字，让郭主编更加认识我？我不止一次提到了自己的软弱，因为我觉得在软弱当中我学习到了更多，改变得更多。我也把人生中的各种不风光和出糗事的回忆搬出来，希望能把这些事描绘、结集成为将来两人的共同回忆。书里提到了很多我的家人和朋友：这不单是因为他们的故事赞，也因为透过养育我的家人和我所结交的朋友，大概能进一步了解我从哪里来，是个怎样的人，并且明白我这个性、癖好的由来。至于书名中的“美”“闻”，固有“居美所吃所闻”的意思，也是我俩名字“眉扬”和“文骏”首字的谐音。

因为过去的一些人生经历，我特别不喜欢那些伪善、弄虚作假、假道学、装好人的人。所以，在这书中，我们用最真诚的文字，把我们的生命体会，化墨成书，献给对我们最重要的人：各位素未谋面、亲爱的、尊敬的读者。

August. 1. 2017.

序二：两个令狐冲

2013 年的夏天，我还在纽约读书，暑假的时候找到一份实习工作，在美国中部城市圣路易斯。

在此以前，从不看棒球的我甚至没有听说过圣路易斯，更没想过这城市会跟我有什么关系。

因为在圣路易斯的实习只有两个月，而几乎所有的公寓都要求最少半年的租期，找房子很不容易。有幸遇到了在实习的公司上班的 Susan（苏珊），她刚刚搬进新买的房子里。四个卧室的大房子一个女生住实在太空旷，她慷慨地邀请我做她的室友。

搬家后的一个周末，Susan 邀请了一众朋友来家里开暖房派对。“一起来啊！”Susan 邀请我。我却回答：“我跟他们不认识，我会不好意思啦。你们玩得开心点！”

朋友们一个个来了，慢慢看到门口停满了车，客厅里的人声渐渐高涨起来。暂时没有社交热情的我把自己关在房间里睡觉，希望不要被人注意到。

可是，注定会发生的事，躲也躲不过去。

这一众朋友趁着 Susan 在厨房忙碌，自己邀请自己去参观新房子。他们不知道 Susan 还有个室友，一个个房间打开来看——然后就发现了从床上惊坐而起不知所措的我。

“抱歉，抱歉！”这群人也一样不知所措，一边道歉一边慌忙往外退。

既然给发现了，我就不能不出来打个招呼，跟他们聊几句。

“这是 Jeffrey，是个医生。”朋友介绍道。

“厉害厉害！”我心里却想，“庸俗的中产阶级，肯定又是一个从小乖乖被爸妈逼着念书要当医生或者律师，只知道循规蹈矩和赚钱的北美华人。”

谁知另一个朋友 Sandy（桑迪）突然指着我和 Jeffrey 说：“有没有发现你们长得好像？”我望望 Jeffrey，附和地笑了两声，心里想，哪里像？就算像，那又有什么稀奇，it means nothing（这什么也不代表）。可是朋友们都起哄说我们是失散的兄妹，于是“两兄妹”被人怂恿着拍了这辈子两个人的第一张合照。

实习结束回了纽约，也跟圣路易斯的人没了联系。直到毕业的时候，实习的公司给了我一个我无法拒绝的录取信，命运使然般的，我回到圣路易斯。

一天，我因为工作太忙，错过午餐，下午四点的时候实在饿得受不了了，驱车去找东西吃，结果出了车祸。当一辆福特撞上我的车的驾驶员一侧车门的时候，安全气囊“砰”的一下弹了出来，像一拳重重打在我的脸上，我的脑海里一瞬间只有一个念头：“This is the moment！（我要死了！）”

从驾驶舱里爬出来，发现车已经变形了。无比幸运的是，除了脸上被安全气囊打了一拳，人一点事儿都没有。（简直是奇迹！）对方司机也吓坏了，我们俩互相瞪着，都说不出话来。沉默了一分钟，对方说：“我不知道怎么办，这是我第一辆车。”我又害怕又好笑，颤抖着说：“我也是。”

别的路过的车停下来帮忙，热心的圣路易斯人提醒我这个新手司机要先报警，然后留下对方司机的个人信息，给保险公司打电话。“你的车已经不能开了，拖车公司会把它拖走。有没有家人朋友能来接你？”

这种事，麻烦一个女生，要她跟我一起担惊受怕好像不太好，还是需要男生帮忙。在圣路易斯认识的人不多，我只有打给 Jeffrey。

电话通了，我说：“Jeffrey，不好意思，能不能请你帮我一个忙？”

电话那头的声音很爽朗：“当然。你说！”我却因为惊吓过度，除了喘粗气，什么话也说不出来。就这么沉默了五秒，电话里那个声音说：“你在哪儿？我去接你！”

谢天谢地，怎么有这么聪明的人！

当我看到 Jeffrey 还穿着医院的制服，带着大大的笑容出现的时候，我一直紧绷的神经突然放松了下来。那一刻，一直自以为坚强独立的我，发现了自己的软弱。

在圣路易斯生活，不开车就没法去任何地方。Jeffrey 载我去了租车公司，我却没有勇气再坐进驾驶舱里。从下午五点到晚上九点，Jeffrey 一直很有耐心地鼓励我，安慰我，讲自己的尴尬故事给我打气，陪我练车克服心理障碍。

现在想来，这次车祸让我和 Jeffrey 的心理距离迅速地缩短了。当我抱怨当精算师不是我的终极人生理想时，Jeffrey 告诉我，他非常喜欢当医生，因为能帮助到别人，得到病人的信任是自己的快乐；而他也从小崇拜蔡澜，暗暗希望能当一名美食专栏作家。互相启发鼓励之下，我们开始了这个中文写作计划，就是你现在看到的这本书。

通过这个过程，我渐渐了解他更多：他喜欢用医学术语发明有颜色的笑话，背后更多却是大男孩淘气的抖机灵，希望朋友赞他反应敏捷；遇到身体健康却心灵孤独的老人来挂号，Jeffrey 会推迟下班时间，握着老人的手，在门诊室里静静听老人诉说失去姐姐——最后一个同辈亲人的寂寞；他会在去教会的时候，科学家的书呆子气不合时宜地发作，跟不相信进化论的阿姨激烈辩论；他也会说他讨厌伪善的人，而认为耶稣的真诚和高尚足以做任何人的偶像。

在我们俩的相处中，两个人常常欣喜地发现，无论是讲中文还是英文，我们都经常不约而同讲出同一个字；我们的农历生日在同一天；两个人都生活得很抠门，对金钱又都没什么概念。

一次，一帮朋友一起吃幸运饼干。我拆开我的饼干，里面的纸条上写着："别找了，幸福就在你身边。"在我旁边的 Jeffrey 递过他的纸条给我，上面写着："你是个给别人带来幸福的人。"等他看到我的纸条，我们悄悄相视一笑。

去年，Jeffrey 先一步搬来了新加坡，我还在美国工作。趁着年底的假期，Jeffrey 回到了圣路易斯。回美国前一个礼拜，他怕自己没时间逛街，托我准备一份礼物给朋友的儿子。第二天我发现一种巧克力做的拼图，图案是节日季的各种家庭画。我以前从没见过，觉得送小朋友正合适。礼物准备好之后忙忙碌碌，这种小事也没想起来跟 Jeffrey 说。谁知 Jeffrey 在日本转机的时候，隔了半个地球的他，买下一模一样的礼物！

这种小事在我们之间还有很多。如此种种，大概在旁人看来，也是很平常的吧，正如情侣（恋人），实在是古往今来最平常的事物；然而在当事人眼中，自己喜欢的人恰好喜欢了自己，不知是多么多么大的巧合；每次这种小事发生，我们都不由得有点宿命的感觉。

最后，在开始正文之前，回答一个问题：我和刘医生之间，谁是令狐冲，谁是岳灵珊呢？我想，我们大概是两个令狐冲的组合吧！

郭眉扬
02 Aug 2017

目录

2014 年 5 月，眉扬和我一半嬉笑一半好玩地打算写一本美食书。当时眉扬以为我负责写，她负责编，是她赚到了。哈哈，现在她大概知道如意算盘打错了。

第一章

时间的味道：老王牛肉面

Dear（亲爱的）Jeffrey,

我小时候没有笔友，也觉得笔友这种事太老套太过时了，一点儿都不酷。想不到到了自以为成熟到独当一面的年纪，会因为有一个可以通过文字相交的朋友而兴奋。想到这件事，刚刚一面在开车，一面都在微笑，心里只有几个字：“这太好玩了！”

希望我们能把这件好玩的事坚持下去。当然，这都要靠你辛苦爬格子，我才能坐享其成，享受阅读的乐趣。

眉扬

最近看《舌尖上的中国》，讲腌渍的一集，结尾有一句韵味悠长的旁白令我咀嚼不已：“这是盐的味道，山的味道，风的味道，云的味道。这也是时间的味道，人情的味道。这些味道，已经在漫长的时光中，和故土、乡亲、勤俭、坚忍等等情感和信念混合在一起，才下舌尖，又上心头。”

亲爱的眉，

我听说过，最美的文笔，就是最真诚的文笔。当我看到你写你一边开车，一边为这个计划微笑、兴奋、大呼好玩的时候，我只能说，我也有完全相同的感受和喜悦！

我们生活在一个缺乏真诚的时代。认识的人，常常生活在伪装背后。一个每天一起工作，以为跟同事蛮熟的人，在给辞退后，看到人情冷暖，世态炎凉，同事不愿意与她有更多的联系。

没有什么让我比现在更觉得，经历比成果更令人期待。我真心盼望透过文字，能够彼此有更深的认识。字里行间，用真诚交通，用灵魂拥抱！

Jeffrey

在圣路易斯待了 18 年，能勾起我各种回忆味道的餐厅，首推老王记（Wong's Wok）。招牌台式牛肉面，热腾腾的，由老板娘亲自从厨房端出来，汤底微酸而开胃，面质厚实软弹，牛腩用高压锅烹熟，软脸味美。在面条上盖上厚厚的一堆芽菜和一小撮冬菜，既增加了爽脆的口感，也令味道多了另一个变化。我喜欢叫老板娘加上一小勺辣椒，吃时一边流汗挤鼻子，一边用力吸着面条。尽管是朴实的一味，但在漫天大雪的冬日走进这小馆子，大大的一口面和着浓郁的味精牛肉汤汁吃，多次温暖过我。

起初的老王记设在 Delmar Loop（市中心一个街区名）一个简陋的街边商铺里。平民化的价格，家乡的味道，吸引了像我这样留学在外，又不敢乱花父母钱的大学生。我和室友志宏、友人颖怡，拖着三条广东口味的舌头，经常成为老王夫妇小店的座上客。牛肉面、宫保牛、甜酸猪、

酱油炒饭，都是我们常点的菜。但最常点的还是牛肉面。记得起初点一份牛肉面，大大的一份，吃到一半就饱得撑不下。厚厚的面条泡在热汤汁里，久久吃不完，面条吸汤发涨，似乎有越吃越多的危机。在美国生活久了，渐渐适应和开启了中西部“没有太胖，只有更胖”的胃口。原本对这牛肉面分量的惊讶，变成对这分量的理所当然。最近吃完一大碗后还意犹未尽，边把汤吸光边思考着饭后甜点去对街冰点店吃什么口味的冰优酪乳。我想，罗马果然不是一日建成的。

圣路易斯不是一个容易留得下中国留学生的城市。志宏和颖怡早已回到香港，在他们各自的工作领域杰出地领跑着，省吃俭用已不是生活的必需。最近回港度假，三人相约在贵得没谱儿的尖沙咀酒店里吃晚饭。吃此时，念彼时，三人重新把记忆里的种种滋味一一回味。生活里的酸甜苦辣，记录在一碗又一碗的老王牛肉面之间，才下舌尖，又上心头。

相知，相交，是一种缘分。

上周末我把一个认识不久的朋友带去了老王记。一人一碗牛肉面，吃到一半，我看着她，期待着她对这味道的肯定。在把旧故事收档封存的同时，也期待着新的故事章节能继续撼动心灵。物换星移，而当中没有改变的，是这一碗牛肉面的味道。

“味道不错。”是她的评语。我笑了。Welcome to St. Louis！（欢迎来到圣路易斯！）

Wong's Wok（老王记）
地址：565 Melville Ave, St. Louis, MO 63130
电话：+1 314-726-0976

第二章

把笑容挤进韩国菜的神奇福音：大学城韩烧店

亲爱的眉，

决定了下一篇的题目，请期待。

"把笑容挤进韩国菜的神奇福音：大学城韩烧店"。

Jeffrey

我参加的教会每半年会举行一次洗礼仪式，广纳信众，弘扬福音，我父慈悲，哈利路亚。刚刚领洗接受新生命的信徒，娓娓道出他们皈依我父的决志经历，“昨日的我譬如昨日死，今日的我譬如今日生。而这一切，都是因为爱我的那位主——耶稣基督。”坐在听众席的我，有时候会想到底这些见证是否给夸大了，言过其实。信仰没有把我彻底改头换面，是我的问题吗？而每当我的信心有所动摇，我就会想起大学城韩烧店（U-City Grill）的老板娘。

虽名为大学城韩烧店，其实这店不卖韩式烤肉，只卖简单家常韩式料理。餐牌欠奉，只

Jeffrey 亲，

很期待。

一个凌晨两点还在发邮件的半职作家一定是个笔耕不辍、优质高产的作家。

眉

能抬头参看墙上印着的寥寥不到十款的菜式选择。不到五坪＊的餐饮区，布置简朴实在，两张两人座的餐桌和十把围绕着开放式厨房的吧椅。全店里唯一在“烧”的，是一块用来烹熟各式肉类、鸡蛋和炒饭的铁板，能同时做三至四人份的食材。倒也绰绰有余，反正坐满全店也不过十来人。不谙韩食文化的我，未能在 Bulgogi（烤肉）、Bibimbob（综合碗饭，也就是韩式拌饭）和 Bokumbab（炒饭）之间把味道仔细辨分出来。反正都是 B 开头，充满芝麻油香味，带上韩烧酱或韩辣酱的那味儿。配菜是即点即做的切丝黄瓜、胡萝卜和豆芽，未经过渍制，配合铁板上现烤的韩汁烧肉，让主菜味道清新不腻。韩式餐厅常见的琳琅满目的小碟前菜欠奉，但如要泡菜（kimchi）可单点另收费。因为经常忘记 Bulgogi、Bibimbob 和 Bokumbab 的分别，韩式辣汤面又太刺激，所以我常常都是点拼盘（combination plate）、混合韩式烧鸡和烧牛肉，配上白米饭、绿豆芽和黄瓜丝。要美味有美味，要营养有营养，要节俭有节俭，要健康有健康。除了 2008 年的那次疑似沙门菌事件，东西其实还是蛮干净的。

大学城韩烧店最吸引我的地方，是它那淡淡的家常味。没有惊艳，却使人欲罢不能。到底有多好吃？有一年一个朋友坐飞机途经圣路易斯，在机场有两个小时待机时间。她特地嘱咐我买了两盘外

＊编者注：台湾地区土地或房屋面积单位，1 坪约合 3.3 平方米。

眉，亲，

第二篇竟然写好了。但我想留到下班再给你寄过去，也好让你期待一下。

Jeffrey

带的到机场，然后我目瞪口呆地见证她风卷残云般地把全部食物瞬间干掉。

大学城韩烧店的美味也让我们包容它的种种不完美。当中最大的莫过于老板娘每次都像刚吃了活苍蝇般的嘴脸。我们既不满她的态度，又舍不得它的美食。这一切在我来到圣路易斯的第六年发生了转变：老板娘竟然开始天天笑容满脸，谈笑风生。辗转打听，才知道老板娘信主了，把所有的劳苦重担，都交给了我们在天上的父，和她营营役役的老公。

为老板娘欣喜的同时，也不得不接受她信主的代价：从此安息日、星期天 U-City Grill 公休。

U-City Grill（**大学城韩烧店**）
地址：6696 Enright Ave, St. Louis, MO 63130
电话：+1 314-721-3073

亲爱的作家 Jeffrey，

你的文章实在不给我很多展现编辑才能的机会。

刚刚认识你的文字不久，虽然还不是很熟，但是第一印象很好。正如我之前所说，你的文字有那种让人边走边看，会心一笑的能力。

我只改了几个地方。大概你写得太快可能一两处有漏字；还有一两处改动是因为有些名词中国内地的翻译方法和香港不同，为了便于理解，我选择了南北皆能懂的译法。如果北方人也能看懂，那我宁可保留你的翻译方法。希望我的改动不会影响你行云流水的训氏文风。比较大的只有一处，就是"大便"那个地方*。我这个人有点文字洁癖，这两个字对我来说有点难接受。不过这是你的孩子，如果你觉得还是原文更能表达你的意思，欢迎改回来。

最坏的编辑才会自己写不出来，还要把别人的文字改得面目全非吧。

眉

*Jeffrey 注：眉扬当时还不知道，后面不止大便，连耻毛、内裤等都搬来了。

第三章

令人生 360° 改变的餐厅：360 阁楼酒吧

眉，

我们的通信的名字，《美文手札》如何？如果不觉得是在往自己脸上贴金的话。

顺便一提，我喜欢你修改后，简繁体字在一起的感觉。不晓得万一有一天能够付印，能否保留这效果*。

Jeffrey

日剧《美味关系》中，中山美穗饰演的美丽女主人翁，因为一家餐厅里的帅哥男主厨唐泽寿明用心烹制的法式清汤，深深地受到感动，大吃一顿后决定不付账，直接向主厨表白，想要参加他的餐饮服务团队，从而 180° 改变了人生。“我完全不会做菜，但我要用我的美食感动人。”

* 眉扬注：可惜不能。

亲爱的Jeffrey同学，

你写作业的速度和能力简直让布置作业的人都很有压力，难道你以前的老师没抱怨过吗？

之后一篇，医院食堂？

叫《美文手札》确实有点让人不好意思，不过也不是不可以：虽然我的短邮无论如何难称美文，但“美文”也可以指在美国写的信，哈哈。《页边手札》这名字如何？就是在你文章边缘书页上写的闲话。

Let me know how you feel about it.（让我知道你的想法。）

迫不及待想看到写360的那篇。它应该有点作者小传的意思？

问候你，

眉

眉，

想到《美文手札》主要的原因，是美和眉谐音。“文”也不是“文章”的文。这说法你看怎样？《页边手札》很对题，但好像少了些个人化的情感联结。

你干吗问候我？我以为我们早就不需要这些俗套了。

Jeffrey

这么烂的点子，不明白我当初看的时候，竟然也稀里哗啦地跟着感动起来。

我的人生也经历过为数不少的微调、迂路，以至 180° 的改变。当中不少的哀伤、鼓舞和欢笑，记录在以 360 阁楼酒吧为背景的记忆里。360 阁楼酒吧（Three Sixty Roof Top Bar）是一家开在圣路易斯市中心希尔顿酒店阁楼上的开放式酒吧 / 餐厅。近年来阁楼式酒吧在亚洲的大城市如雨后春笋大行其道，但开在民风朴素的圣路易斯，算得上是一件连市长也会拍手欢迎的喜讯。（其实民风朴素也不尽然，毕竟圣路易斯是美国的性病之都。）恃着有圣路易斯城

Jeffrey,

我完全可以想象你这样一个小孩会有多招女老师喜欢。

已经听你讲过这段 360° 转弯的经历，听时好像传奇，看文字才深深感受到你那时的迷茫。

我们聊天好像总爱聊到感情。这说明如果世界上的直男分为两种，那你是有能力做女生闺蜜的那种。

不假客气问候你了，顺祝夏祺吧！

May

市地标“一路向西”拱门（Gateway to the West Arch）* 作背景，脚踩 360° 全方向圣路易斯美丽市街，自 2009 年开业以来，游客、飨客和酒店住客始终络绎不绝，而我也造访了不下

* 眉扬注：圣路易斯的地标式建筑，为了纪念圣路易斯作为美国的西进运动的起点而落成，高 192 米，形状犹如一个大拱门。这个地标也出现在美剧《纸牌屋》里。

十次，依然乐此不疲，可见此店成功有道。

我妈谆谆教导过我："美丽的女生始终还是会看腻。"所以还是要看内涵，或身家财产是否丰厚（说笑啦）。一家餐厅的内涵，就是它食物的质量。在这方面，360 尤其出色。简洁的酒吧式餐牌，罗列出二十多种以手指食物（finger food，指不用餐具，便于多人分食的食物）为主的美式小点，包括炸薯条、腌橄榄、迷你汉堡、薄饼等等，也有些他国的特色小食，如寿司、串烧、墨西哥式酸橘汁腌鱼（ceviche）和玉米饼（tacos）之类。其中有几道特别让我津津乐道：烟鲑鱼洋芋片（salmon chip），这道菜是把捣碎的烟鲑鱼满满地盖在炸洋芋片上，加以香葱和小酸豆（capers），一份四片，做法极其简单，但用高高的雪松木板盛出来，吃时给人一种"我是上等人"的错觉；五花肉迷你汉堡（pork belly slider），做法是把五花肉慢火烟熏至熟，蘸上浓郁带微酸的色拉酱汁，盖上生菜、番茄，夹在小面包中间，大啖一口一个，也可用刀叉切食，继续装上等人；炸薯条做法虽然简单，但浇上黑松露橄榄油，佐以柠檬龙蒿蒜泥蛋黄酱（lemon tarragon aioli），把味道提升了不少，上等人的伪装在此圆满成功。

亲爱的眉，

从刚认识时怀疑我是“同志”，到现在认同我是有能力做女生闺蜜的直男。很庆幸能被你多了解。

我写文章多次提到伪装，可能因为我特别不喜欢也不懂和虚伪的人相处。Professional distance is okay, but hypocrisy is no no.（因为职业原因保持距离是可以的，伪善就绝不可以。）那是我的执着。

而我不止一次听你说“不妥协的人生是需要勇气的”。总有一天我会明白体会你说这话的心路历程和挣扎。

噢，夏祺是谁？

困了，明天见！

Jeffrey

既是酒吧餐厅，不得不提它的酒类菜单。白血鸡尾酒（white sangria, sangria 的西班牙原文字根为“血”之意）做法参照传统血红鸡尾酒（sangria），但以白酒代替红酒，混合蜜桃汁、苏打水和蜜梨伏特加，在炎炎夏天喝上一口，就会停不了。只是这间酒吧餐厅收费偏贵，多喝几杯的话，上等人的伪装大有可能被瓦解。葡萄酒选择虽多但味道一般，不提也罢。生啤酒的选择只有寥寥几种，反而值得一提的是愤怒果园轻酒精苹果西打（Angry Orchards apple cider），微酸的苹果香味随着气泡在舌尖扩散，是女生（和我）都喜爱的饮料 *。

2012 年初秋，我的人生迎来了突然的变调。本来准备好在香港的婚礼和婚姻，在倒数一个月前，在彼此的共识下取消了。亲友的期待顷刻变成两个人各自需要承受的“厄”。走在未知的彷徨里，身边的朋友成为我走向忧郁症的屏障。他们把我带到“360”解忧。近距离靠近天幕，望着安静的夜空、若即若离的星光，轻啜朋友塞在我手中的白血鸡尾酒。环顾包围在身边的朋友，彼此言笑晏晏，我，开始拾取向前走的勇气。

“婚礼”的一周年，一众朋友有默契地又聚首“360”。创口留下了疤痕，但结的痂却已经

* 眉扬注：亲爱的刘兄一向是“小妞”作风！

Dear Jeffrey,

我昨天去了360阁楼酒吧，我觉得你的朋友是在用注意力转移法帮你疗伤吧？不是一个安静聊天的地方，不过在那个情景当中，看到马路上热闹熙攘的人群、远处光怪陆离有如外星建筑的拱门，还有头顶永恒的夜空，确实有些物我两忘的感觉，而这正是你当时需要的吧。

遵照你的“美食教”教主宝训，试了薯条、烟熏三文鱼薄脆和汉堡。三文鱼薄脆确实让人印象深刻，创意非常好，还是其实这是传统做法只是我不知道？因为开车未敢饮酒，也就避免了“上等人伪装崩溃”的厄运。

夏祺是个可爱的姑娘，热情开朗、美丽活泼。希望她感染你。

享受夏日！

眉

脱落。没有哪个人的人生路没有急转弯，但好的朋友和家人，为你在悬崖边上立起了栏杆和路标。无论转了多少弯，甚或彻底失控，在360°打转后，你又回到了向前的路。

谨以此文献给我亲爱的朋友，高先生、安琪儿和010。

Three Sixty Roof Top Bar（360阁楼酒吧）

地址：One South Broadway, St. Louis, MO 63102

电话：+1 314-241-VIEW

第四章

酒是免费的好喝：Edgewild 酒窖餐厅

我爱上葡萄酒，大概是在 2006 年电影《美好的一年》上映的前后。这部由同名小说改编的电影，讲述身为投资银行家的男主人翁 Max（马克斯，罗素 · 克劳饰）因缘际会来到法国普罗旺斯，接管了一家名为 La Siroque（拉西罗克）的葡萄酒庄园。在这儿，他认识到在忙碌浮华的城市生活以外，存在着另一种悠闲的生活方式。呼吸着混合泥土味道的空气，他看到人生能够追求的另一片美丽风景。

自从稍稍懂得欣赏葡萄酒开始，我就一直在脑里计划如何在肝硬化前实现我的葡萄酒梦想。拥有自己的葡萄庄园暂时有点遥不可及。退而求其次，我着实参加过不少的葡萄酒俱乐部。其中一间，叫 Edgewild 酒窖餐厅（Edgewild Restaurant and Winery）。

Edgewild 有很不错的会员制度和经营模式：它的葡萄园建在加利福尼亚州纳帕山谷（Napa Valley），却把店开在圣路易斯，把酿成的葡萄酒运来圣路易斯的餐厅存放和销售。这样，原本在纳帕地区不甚起眼的酒，摇身成为异乡餐厅里的馨香招牌。参加的会员拥有每月用折扣的价格买下一瓶酒的名额，可自携回家，但更好的选择是把名额搁在餐厅，日后吃

饭时，在酒牌中挑出一瓶叫侍应送上来。整体感觉就好像你和这间餐厅混得好熟的样子。这种共享拥有权的迷思和虚荣，以及酒庄给予会员的其他小优惠，让我一次又一次不自觉地把朋友带来聚餐，这里简直成了我的主场。于是就发生了下面的事：我有一位名叫寒底（Karen）的朋友，曾明言："我们去 Edgewild 吃饭吧，他们的免费酒真不错。"她的话让我不禁莞尔。

如果没有吸引人的美食相佐，再好的酒也只能发挥到一定的高度。好在 Edgewild 的食物水平一点也不马虎。烟熏鸡翅（dry rubbed wings）选用大只鸡翅膀，去掉翅尖，用烧烤粉涂抹，在烟熏烤箱中慢火烧烤。吃时不需蘸酱，浓浓的烟熏味混合烧烤粉的甜香，十几步开外已抢先飘过来。我每次到 Edgewild，都一定点他一份。一口咬下，软嫩的肉质加上意外鲜美的肉汁，分外惹人满足。我喜欢配上四年以上的赤霞珠红酒（Cabernet Sauvignon，或译卡本内苏维翁），让赤霞珠深沉而浓郁的烘焙香和橡木桶香，与鸡翅的烟熏味一较高下。芝士熏肉拼盘（cheese and charcuterie board）没有特别突出之处，但分量十足，加上鲜葡萄、无花果、焦糖果仁和各式果脯，是卖相既佳又适合下酒的搭配。霞多丽白酒香煎带子（Chardonnay seared scallop）选用中等大小的带子（即每斤 20~30 只的大小），煎至两面金黄后浇上奶油味浓的霞多丽白酒，吃时可伴以混有煎火腿粒和枫叶糖浆的意式烩饭（risotto）。因为带子是急冻的，没有太大的鲜味，唯有靠煎火腿粒和酒的香气蒙混过关，但胜在滋味浓郁而层次丰富。色拉我喜欢名为纳帕山谷的那种，混合多种时蔬，加上糖核桃、烤蜜梨、

蓝芝士，浇上无花果香醋，咸和甜的味道巧妙地通过色拉叶糅合在一起。餐厅提供的主菜里面，牛排、美式肉饼以及烤鲑鱼等都做得很出色，但价格偏贵。我宁愿多点几个前菜，和朋友们分食，众乐乐。

甜点不是这店的强项。唯一值得一提的是巧克力布朗尼（baked-in-pan brownie），是把巧克力味道的布朗尼放在小平瓷锅里直接放进烤箱烘焙，上桌时直接放在小平锅里送到，上面再盖上一颗大大的香草冰淇淋球，浇上焦糖后食用。如能一手拿着一杯莫斯卡托甜酒（Moscato）或冰葡萄酒（icewine），另一手拿着一杯浓咖啡，一口甜点配咖啡，再一口甜点配冰酒，余愿足矣。酒醉饭饱后，并不忙急急地离开。可以开上一瓶茶色波特酒（tawny port）*，在火炉边与朋友天南地北，“从外太空，聊到内子宫”，一人手握一杯，看着杯内酒光流转，享受偷得半日闲的欢逸时光。单独一人时，则可以让思绪大暴走，或天马行空地幻想，又或凝视火炉里闪窜的火星，沉思“我为什么还是单身？”之类让人“宕机”的问题。

每个人都有他所要追求的人生瑰宝。影片中 Max 放弃了高薪厚职，留在庄园呼吸自己盼望的空气。栽种葡萄，收获果实，再用时间让木桶内的魔法酝酿。“Max，当你找到那美好的，

*Jeffrey 注：一种很甜的酒，一般用来搭配饭后甜点。当时未学酒道，所以喝法特别土。

把握它，珍惜它。让它与日俱长。”（“Once you find something good, Max, you need to take care of it. You need to let it grow.”)我们今天的栽种，会酝酿出什么滋味？手握着葡萄，凝视未来的无尽可能，相信不妥协的勇气，能迎来某一天的甘露芬芳。

Edgewild Restaurant and Winery（Edgewild 酒窖餐厅）
地址：550 Chesterfield Center, Chesterfield, MO 63017
电话：+1 636-532-0550

亲爱的Jeffrey，

你的文字很细腻，时时在提醒我要变成一个更温柔的人。

如果你还没感受到我的改变，那就是因为我看饿了，请你多点耐心，吃饱了我会温柔一点。

我本人很喜欢第四篇，虽然你说你写的时候感觉不是很流畅。我反倒有一种“又吃了一遍”的快感，在幻想里又一次满足了味蕾。对吃不到的读者而言，可能很残忍。所以请你认真考虑附赠读者压缩饼干的建议，至少别让大家饿着肚子看。

我当然不会删除“外太空”那一句，这是刘氏文风的一部分啊。顽童写的东西当然跟老学究不同，老学究编辑没有这么专制吧？

你喜欢《牛仔裤的夏天》这部电影丝毫无损于你的男子气概。每天张牙舞爪比拳弄腿的那种个性应该叫“活张飞”吧？哈哈。我觉得男人味在责任感、对别人的尊重和包容上会有更淋漓尽致的体现，而这些你都做得非常好啊。在我车祸以后惶恐不安的状态里，看到你出现就有了一种很安心的感觉，这还不是男子气概吗？我相信别的朋友也会有类似的感受。

这一回书就叫作“老学究删改历四季，小顽童执笔写春秋”。

欲知医院饭堂后事如何，且听Jeffrey下回分解。

晚安，

眉

第五章

渴望施予的弱者：我和我认识的 Barnes-Jewish Hospital 饭堂

亲，

这篇我把题目改了。我想中途改名的情况很可能再发生。

虽然每一篇的题目内容不一，但所有文章的总纲，我开始有了一个朦朦胧胧的雏形。先卖一个关子，让它自然酝酿成形，也让你自己体会。

你又出场了！我相信这也不会是最后一次。

小顽童

在我所在的华盛顿大学（Washington University in St. Louis）医学院，每一位刚入学的医学生，都会参与念诵希波克拉底誓言（Hippocratic oath）的仪式。誓言里恳切地告诫：“余愿尽己之能力与判断力之所及，矢守此约……无论何适何遇，逢男或女，民人奴隶，余之唯一目的，为病家谋福，并检点吾身，不为种种堕落害人之败行……”

在巴恩斯犹太医院（BJH，Barnes-Jewish Hospital）工作受训的六年间，我有幸看见

了人生百态。 BJH 常常入选美国十大医疗中心，它下辖的癌症科、心脏科、放射科等等，在推动学术科研步伐的同时，也提供划时代的治疗手段和服务。在密苏里州，以及邻近的伊利诺伊州、田纳西州等，方圆数百里的范围内都有很多人慕名而来。在这里，你能看到各种人种，操各样的行业、说不同的语言，来求医问药。我医治过的病人中，既有没家可住的流浪汉，也有从中东坐专机到来的达官权贵。如果不得已要在医院内待上几个小时，饥肠辘辘而又不想大费周章跑到医院外的餐厅，大家都得公平地去“享用”医院饭堂 的“美食”。

因为医院地广，BJH 有一南一北两个饭堂，提供基本上相同的食物。其实 BJH 饭堂提供的食物种类实在为数不少，寿司、三明治、自助色拉、薄饼、意式面条、美式家庭式热餐、甜点，琳琅满目。可惜谈到味道，却只能用“全军覆没”来形容。寿司饭粒太硬，失败。自助色拉吧收费太高，失败。美式家庭式热餐所提供的菜只是简单地用白水煮熟，淡而无味，失败中的失败。唯一的例外，是炸物和汉堡区。高盐、高糖和高脂肪的完美配合，成为照亮整个饭堂的唯一亮点。炸鸡块厚厚地蘸上一层甜烧烤酱，再加上一层美奶滋（mayonnaise，即蛋黄酱），实在美味无穷。只是身为心脏科医师，无可避免地会一边吃一边心理作用地产生心绞痛，担心将来冠心病发作的风险。每次看见手扶着静脉点滴杆的慢性心力衰竭病人，拖着尿袋（他们通常被使用大剂量的利尿剂以减轻水肿）在排队购买大份炸鸡薯条配汽水，我心里也总是不免感慨人生的矛盾不过如此。

一般人只会偶尔吃上一顿饭堂快餐，即使味道欠佳也只是过眼烟云。真正有机会持续享用饭堂“美食”的，只能是一众医务人员和其他医院员工。犹记得在我还是实习医师时，经常深宵半夜来回在饭堂里游荡，凡目所见，都是其他同样准备彻夜不眠，迷失在饭堂“美食”里不晓得如何选择的革命伙伴。拖着疲乏的步伐，大家不约而同地渴望着饱含高果糖浆和反式脂肪酸的食物，希望从这些食物里得到足够的能量以完成下一项任务。

最近和朋友聊天（就是吃牛肉面的那一位），她提到希望自己的内心能强大一点。当时，我没有跟她说，其实我没有她想象的刚强：在一次又一次心肺复苏抢救中，外表虽然镇定但内心却经常“Oh shit，oh shit（见鬼，见鬼）”地叫。有一次一位病人不幸因为细菌感染，为了保住性命而牺牲了一条腿。虽然不是我的失误，但病人再三对我说的感谢话，午夜梦回，让我失眠了好几个夜晚。工作一整天，回到自己一个人住的公寓，看着厨房水池里要洗的盘子，我经常感到突然袭来的孤单。在医院走道，看到刚刚失去母亲，静静啜泣着的夫妇，我也跟着想躲在一个角落里哭。

我很感谢我的工作，它让我在施予的时候，暂时忘记了自己的软弱；也感谢我的病人，让我知道刚强能在两个软弱的生命点中间被发现；也感谢医院饭堂，让我知道，享用这“美食”的，原来不止我一人。

Barnes-Jewish Hospital（**巴恩斯犹太医院**）
地址：1 Barnes-Jewish Hospital Plaza, St. Louis, MO 63110
电话：+1 314-747-3000

亲爱的Jeffrey，

我现在很难用“小顽童”的称呼来叫你，因为你的文章让我非常感动。

请允许我在日后实在难以抑制尊敬之情时叫你“Doctor Lau”（刘医生！刘博士！）。

文章中那个袒露内心、开诚布公的第一人称叙事者，和生活里举重若轻、故作镇定、冷笑话不断的大男孩，现在在我的认识里慢慢合成一个人。是不是这样，我就会越来越接近一个真实的Jeffrey？

在类似的环境里每天见到生离死别，如果是我，早就心硬如铁了——只有这样才会好过一点吧。可是你还是这么富于同理心和道德感，内心如此柔软，永远这么热情，真为我二十多年生命里所仅见。很多人认为自己的冷漠是社会和大环境造成的，似乎只有具备这样的状态才能在真实的生活面前不被打倒。我也是其中一个。你让我自惭形秽。

我知道你不喜欢“捧臭脚”（也就是你所谓“抠脚底板”啦）。虽然以上不是捧你的客套话，我也还是就此打住。

有机会别忘了感谢你的临时室友，让你至少回家的时候不用一个人面对不知泡了几天的盘子。

祝你踢球开心！守门固如金汤+晚餐愉快。

你的粉丝，

May

Dear 眉，

我好怕给了你一个不真实的Jeffrey的印象。诚然我写的每句都是从心而发，但我怕我没有你想的好。我会说黄笑话，也喜欢听八卦。有时候也参与去讲。我也有愤世嫉俗的时候。我有很多的软弱：我对家人缺少耐性，我对事业缺乏野心。如你所说，我渴望富于同理心和道德感，但我也真的有过不道德的经历，在此过程中自己和别人都受了伤害。在很艰难的日子里我明白了包容，打开了眼界，体验了人情世故，厌恶了虚伪，认识了友情，学会了体谅，懂得了尊重，柔软了内心，成为了现在的我。这些经历和软弱，我都很愿意和你分享，如果我没吓到你的话。

我害怕这些话把你吓跑。但我更不愿意你认识一个将来有可能令你失望的Jeffrey。

虽然我觉得我不值得是文章中那给你感动，得你尊敬的Jeffrey，但我盼望成为他。

但恐怕，现实的Jeffrey，更软弱，更需要依靠。

你的，

Jeffrey

小顽童，

你看看你又来了，我要严肃地批评你：为什么每次别人夸你都好像在骂你一样让你浑身不自在？

放心啦，我从来没有把你当作圣人 Jeffrey 看待。

实际上，我只是认识到你的不同面，并没有把那个喜欢八卦并且准备随时寄支票的你从对你的认识里删除啊。

看你写到自己时常表面平静内心却在“Oh shit,oh shit”地叫，我觉得好有画面感，我已经自行脑补声音效果了。

这才是 Jeffrey。

下次夸你希望你说“你真有眼光，谢谢！”，哈哈。

晚上见。

眉

眉，亲，

不知为什么我觉得你比好多好多好多人，包括我家人，都更能欣赏我，包括我不完美的地方。有好多这些地方，我甚至不敢和家人分享，怕他们失望。谢谢你。

那“Oh shit，oh shit”我可以晚上把声音效果补给你。

Jeffrey

第六章

纯口味不如重口味：熊猫“很快”连锁店

眉，

旅行中，寄《熊猫》一篇给你。

Jeffrey

美国最成功的美式中餐快餐连锁店，叫作熊猫“很快 ”（Panda Express）快餐厅。“很快”指的是点菜、上菜、结账和打包的速度很快，而不是指熊猫跑得很快。自 1974 年开业以来，熊猫“很快”已有超过 2600 家连锁店，在美国 46 个州和海外均有熊猫掉下来的毛——其发展果然

Jeffrey，

看来你越写越放松，轻车熟路了。

旅行辛苦，多多保重。

眉

是很快，很快。

美式中餐近年来已然成为越来越普遍和受欢迎的一种融合菜系（fusion food）。美式中餐的特色，是摒弃中国菜细腻的刀工，取而代之以大块肉、大段菜、大分量，务求让追求量重于质的大块头美国人啖之有肉，大快朵颐，宾至如归。味道偏向重口味，多油多盐多糖，能够炸决不会煎，能够煎决不会蒸，能够蘸酱决不会少放。价格定位偏向低消费，薄利多销，所以经常其门若市。

熊猫“很快”的特色在于强调所提供的食物里不添加味精，让人除了担心糖尿病、高血压、高血脂等问题外可以吃得很安心。香橙鸡（orange chicken）是熊猫“很快”的招牌菜。其做法类似咕噜肉：指头大小的鸡块裹上脆浆，高温油炸后浇上香橙味甜酸酱调匀。因为熊猫“很快”餐厅一般生意好、人流多，而且香橙鸡最受美国人欢迎，卖得最快，所以成品新鲜，出售时炸浆经常维持得酥脆可口。虽然口味对中国人来说略嫌甜腻，但吃在美国人口里可是能令其呼呼叫好。

北京炸牛肉（Beijing beef）是我最喜欢的菜式。做法有点像京都肉排：切成寸长片状的牛肉裹上粟粉，油炸后加上由蒜粒、红椒、青椒、醋和番茄酱等调和的甜酸酱，经大火快炒而成。吃起来甜酸味浓厚，微辣而开胃、刺激。美国人普遍没中国人嗜辣，北京炸牛肉这程度的辣已是很多美国人能承受的极限。其他尚有十余种不同菜式，如蒙古牛、宫保鸡、甜酸鸡、蜜糖核桃虾、蘑菇鸡、清炒菜、西兰花牛肉、黑椒鸡等，都是糅合了美式做法的类中国菜。同一个店每天的菜式有时会做小幅度的轮换，以保持口味新鲜。在美国，鸡肉比其他肉类便宜很多，而且鸡肉煮熟了耐放、不易老，也没有什么宗教特别喜爱或讨厌鸡，再加上美国人习惯了鸡肉（特别是黑人，很多都是无鸡不欢），所以熊猫“很快”过半的菜式都以鸡肉为主打。

小菜 / 前菜有鸡肉春卷、素菜春卷、锅贴、炸虾和蟹角（crab rangoon）。蟹角是美国人开发出来的新型中国菜：把春卷皮折成馄饨的形状，在里面包进掺了蟹柳（imitation crab）的奶油芝士，油炸后咬起来外脆内软，炸春卷皮微甜而内馅则是咸中带微酸，虽然不健康，但充分印证了“什么东西只要加糖、加盐、下油炸就香”的不二法则。美式中餐不擅甜点，餐后送上一颗签饼（fortune cookie），聊解食客嗜甜的心情。签饼也是美国人的创作：用面粉、糖、香草及奶油制成中空的角形脆饼，中间放了一张写有祝福、哲理或鼓励的句子的纸条，如“成功需要不断努力”之类。熊猫“很快”的

签饼更上一层楼，有时候你会见到一些奇怪的句子：“你明天又会想吃熊猫快餐了！”令人啼笑皆非。

有一年，我父母来美国游玩。一连几日，我把他们带到各式各样的外国餐馆，品尝异国珍馔佳肴。第四天，他们终于受不了了，于是我们来到了熊猫“很快”的门前。菜送上来后，我看着他们据案大嚼的馋嘴样，才意识到比起之前几天的盛宴，熊猫“很快”说不定带给他们更大的满足。中餐，无论样子变了多少，始终是我们中国人的“慰藉食物”（comfort food）。远离家乡 18 年的我，在接受美国文化对我改造的同时，仍保留了一颗中国心。我，活脱脱就是一盘熊猫“很快”的菜肴：比之正宗中国菜，口味变重了，块头变大了，辛辣味减少了。而作为活脱脱的一个美式中国人，有些方面早已变得和美国人一样：能够坐决不靠墙，能够靠墙决不站着，能够开车决不走路。

很多人觉得熊猫“很快”不是真正的中国餐。但喜欢它的人，在它不正宗的中国招牌底下，还是能品味出一丝丝的中国味道：那是一种多油、多盐、多糖的中国味道。

Panda Express（**熊猫“很快”连锁快餐店**）

网址：www.pandaexpress.com

Dear Jeffrey,

我之所以说你轻车熟路，是因为这一篇的语言特别值得玩味。

虽然读第一遍就已经知道了文章大意，还是想要一读再读。没有特意想要逗人笑的故事情节，也没有特别起伏的情绪，然而淡淡的文字中，时不时有个顽童扮个轻松的鬼脸，也会让人会心一笑。

比如这句“味道偏向重口味，多油多盐多糖，能够炸决不会煎，能够煎决不会蒸，能够蘸酱决不会少放”。

还有这句"熊猫‘很快’的特色在于强调所提供的食物里不添加味精，让人除了担心糖尿病、高血压、高血脂等问题外可以吃得很安心"，一针见血，直达病灶，读得人很痛快。

虽然我不喜欢林语堂，可是如果他要在著作《论幽默》里收录一些范例，我觉得以上列举的这些都会是很好的例子。收录这样的东西才会使他这篇文章名副其实。对，是幽默，不是搞笑。

不用急着回复。

好好享受纽约。

May

第七章

走不完的参观路：百威啤酒厂

如果你问我为了一杯免费的啤酒愿意付出多少时间，我会回答：1 小时。这个答案，我在百威啤酒厂（Anheuser-Busch Brewery）演练了无数次。

百威啤酒厂是圣路易斯的主要地标之一。作为美国国内最大的啤酒生产商，百威啤酒成立自 1876 年，总部设在圣路易斯市中心偏南的工业区。算上圣路易斯的总厂，百威啤酒在美国拥有 12 个啤酒生产工厂，年产量达到惊人的 500 亿加仑（Gallon，1 加仑 = 3.8 升）。在某种意义上，百威啤酒是美国人的骄傲。所以，当比利时的英博啤酒厂（InBev）在 2008 年融资收购了百威啤酒并取而代之成为世界上最大的啤酒生产商时，你可以想象骄傲的美国人那种犹如被阉割的心情。整个美国，集体地感受到阵阵的“蛋痛”。

到圣路易斯旅游，其中一个最具特色的保留项目是免费参观百威啤酒厂，并在 1 小时的徒步参观后，免费享用一杯百威啤酒旗下的啤酒或西打（cider）配蝴蝶脆饼干（pretzel）。能够打发时间，不用付费还能吃喝这么好的事，造成了每逢有亲友头遭来圣路易斯一游，我就必带他们到百威啤酒厂报到一次的畸形现象。唯一例外的是我老爸（我带我爸去了两次）。

百威啤酒厂出产的酒类品种繁多，除了旗舰品牌百威啤酒（Budweiser）和百威淡啤（Bud Light），还有林林总总的各式啤酒和轻酒精饮品，包括米狮龙（Michelob）、百加得（Bacardi）、时代（Stella Artois）、巅峰（Shock Top）、鹅岛（Goose Island）等超过二十种品牌，数十种标签。

主打品牌百威啤酒属于窖藏类啤酒（lager），是利用低温熟成技术（cold fermentation）制作的啤酒。一些我们熟悉的品牌如科罗娜（Corona）、美乐（Millers）、青岛啤酒和喜力（Heineken），皆同属于窖藏类啤酒。窖藏啤酒酒身作金黄色，清晰度高，味道清纯，酒精含量和苦度均适中，口味大众化。比起其他种类如爱尔啤酒（ale）、小麦啤酒（wheat beer）或麦芽黑啤酒（stout or porter），窖藏啤酒更容易虏获第一次喝酒人的心。在炎炎夏日灌上一杯冰镇的啤酒，立时就拥有一种生命真美好的正确人生观。

经过二次发酵的窖藏啤酒，不但保存期限延长了，酒的清澈度也提高了。百威啤酒除了采用美国啤酒常用的六棱大麦和四棱大麦，在酿造的过程中还加入大米，令味道更为清爽。当

Dear Jeffrey,

我告诉过你看过这篇文章后在办公室跟人家吹牛聊啤酒的事情。结果是发现人家每年都自己在家酿啤酒的。

我又一次"关公门前耍大刀"，哈哈。

所以我尚未出师，麻烦师父还要继续努力教导。

May

然，加入大米另一个主要原因，是大米比小麦便宜，兑入大米直接降低了制作成本。百威啤酒在煮沸的过程中加入了适量的啤酒花，稍稍增添了苦涩，在延长啤酒保存期的同时，也增加了味道的层次感。但由于苦涩度低，不论啤酒老饕或初尝者都能享受。

美式啤酒有一种特色，就是同口味的啤酒常常会提供相应的轻啤酒（light beer）。Bud Light 的酒精浓度和热量均比正常版百威啤酒要低，但味道要淡一些。多喝两杯所吸收的酒精和卡路里 * 才等于一杯正常的啤酒，满足了美国人想多喝，又不愿牺牲腰围的愿望。这点和吃饭时点一份双层芝士培根汉堡配薯条，然后悻悻然点无糖汽水聊表节食的决心，有异曲同工之妙。

如果你喜欢甜甜的饮料，百威啤酒厂也有出产麦芽酒精甜饮来满足你。百威啤酒厂旗下的麦芽酒精饮品系列叫作银百加得（Bacardi Silver），与其他酒厂的同类饮料，如斯米诺（Smirnoff）共同竞争市场占有率。嗜苦的酒客则可以尝试百威啤酒厂其他的一些品种，如印度爱尔啤酒（IPA, Indian Pale Ale）。这种饮料的特色在于在酿造的后期大量加入啤酒花，使啤酒得以长久保存（早期英殖民者以此法将啤酒运至印

* 编者注：热量的非法定计量单位，1 卡路里约合 4.185 85 焦耳。

亲爱的眉扬，

关于啤酒，关公门前耍大刀就耍吧，你大概已经比很多亚洲女性更懂得欣赏啤酒了。

在我看来，法国餐之所以那么特殊，是因为好的法国菜糅合了多种味道。好的酒也是那样。正如你说的，说到底，人生剩下来的就是体验。既然如此，好的食物，好的美酒，就是带领我们感受、经历人生的其中一个途径。美食和美酒，是对身体影响最轻，又最容易享受的两件东西。除此以外，和朋友聊天，去旅行，打电动（现在少了），说笑话，追求学问，运动，都是我喜欢的享受生命的其他途径。

你的，

Jeffrey

度，从而得名）。大量的啤酒花使酒味变得苦涩，但夹带着啤酒花的芬芳，甘中透香，是很多成熟男士的恩物。

不知从何时开始，我喜欢追逐啤酒里的苦。原来酒中的苦并不可怕。喝惯了，知道苦的

Dear Jeffrey,

我完全同意你对生活的态度。有些经历会丰富你的生命，有些经历会让你觉得淡而无味，有些经历会令你悔不当初。每个人都是自己生活的导演，当我们有这么多选择时，为何不选那些能真正持久愉悦心灵的呢？这也是强大内心的一部分。

眉扬

尽头，有淡淡的甘味回馈。甚至，苦味本身就是馨香的回馈。我没有要讲我妈口中常常提到的“吃得苦中苦，方为人上人”之类的大道理。我嗜苦，因为喝苦酒的样子好酷，因为一起喝的经历很兴奋，因为醉后彼此的胡言乱语很真诚，因为苦让接踵而来的微甜变成甜蜜，也因为苦让我懂得区分出来什么是不苦。

原来生命中的苦也不如想象中那般可怕。我有尝过很苦的时候。2004 年，我做过一些愚蠢的决定，承受过沉重的苦果。苦，既是理所当然的代价，也是成长必经的关卡。苦在舌尖打转时固然会把笑容带走，却也教导了我去体谅、体贴其他同样会犯错，在苦中咬着牙忍受的人。每一次尝苦，对体谅的体会，也深了一点。中医里有一句：“苦味补心。”我并不庆幸我犯过不少的错误，但我庆幸苦味一次次地填充修补了我不完满的心。当苦的余味慢慢消散，你未必经历到甘甜，但你上了人生结结实实的一课。笑容总会有爬回脸上的时候。事过境迁，在顺境时，你可以拧开一瓶冰啤酒，细细品味那丝丝的苦涩，让它提醒你曾交过的功课和珍惜你眼前的快乐。

Anheuser-Busch Brewery（百威啤酒厂）
地址：1200 Lynch St, St Louis, MO 63118
电话：+1 314- 577-3559

第八章

什么？圣路易斯有要排队的餐厅？Pappy's 烧烤店

Jeffrey,

刚发现“强大的内心”这几个字几乎被我用滥掉。不如以后简称“强心”？

周末愉快。

眉

烧烤，是人类最古老的烹饪方法。自原始人把整只长毛野猪架在火堆上烧那一刻开始，人类就对烧烤上了瘾也戒不了。尽管烧烤物上的焦状物已被证实饱含多环芳香烃（polycyclic aromatic hydrocarbon）等致癌物质，烧烤还是有让人不啖不快的魅力。正因为很多美国人都自认是烧烤专家，要开一家叫人心悦诚服的烧烤店，殊不容易。这里要介绍的，是 2014 年位列全美一百大餐厅，名为“拍屁”烧烤店（Pappy's barbecue）的小馆子。

“拍屁”烧烤店的创始人刚刚好就叫作“拍屁”（Pappy）。拍屁在美俚语中是老爹的昵称。

Dear 眉，

在医学里，"强心针"指的是当病人失去脉搏或脉搏快而混乱时，静脉注射的一种药物——肾上腺素。总有一天我会告诉你这个故事，那时你会发现我内心并不强大，也很脆弱，也会无助。那时候，希望你能在我身边，为我"强心"。

在那之前，《美闻手札》还会继续。我把名字稍微改一改，想到那"美"字反正是谐音，那"闻"字干脆也谐音好了。而且内容也蛮有"美闻"的意思，比如旅美所闻，居美所闻。这样改名字，可以吗？

Jeffrey

来到"拍屁"烧烤店，少不了见到老爹"拍屁"在店里穿梭走动，插科打诨一番。一身斑斑驳驳烧烤酱的他，是这家店的活招牌。虽然店开在圣路易斯，但"拍屁"的烧烤属于孟菲斯（Memphis）风味。此系的特点在于对猪肉的偏爱（"拍屁"烧烤店招牌上就有一只粉红色的猪）。孟菲斯式干烤肋骨标榜不用点烧烤酱也能非常够味，是此系列的主打。在技术上，孟菲斯式烧烤和其他并列美国四大烧烤菜系的得克萨斯州（Texas）系、堪萨斯城（Kansas City）系和卡罗来纳（Carolina）系分庭抗礼，各有捧场客。

通常我每两三星期就会来"拍屁"烧烤店止一止瘾。餐牌上多有惊喜。最出色的干烤肋骨，用干烧烤粉厚厚地涂抹整排的猪肋骨，在店家门前铝制的大烧烤炉里慢烤 16 小时而成。吃时轻轻一抖，肋排上的肉就从骨头上掉落，肉质的软嫩多汁可想而知。可以蘸上店里三种不同的烧烤酱，但何必呢？肋排配

上干烧烤粉已经足够香酥甜美。沾在手指上的烧烤粉浆，你会想舔完再舔，亲密的情侣想要互舔，店家容许你这样做，但有失国体。随餐搭配任意两样小菜，当中最令我兴奋的是炸玉米和炸甜番薯条（sweet potato fries）。整根玉米抛进油锅里炸，吃起来口感软糯糯的，此时咧嘴一笑会见到黄色一粒粒玉米粘在牙上，约会的情侣要千万小心，别一失足成千古恨。炸甜番薯条表面撒上糖粒，蘸上烧烤酱吃，香、甜、脆共冶一炉，比起一般的炸薯条有过之而无不及。刚刚亟盼互舔手指的情

侣，现在要互喂炸甜番薯条，是可以的。

我一般都不敢在周末来“拍屁”烧烤店。平常工作日在午饭时间来，排个二三十分钟才能买到食物。在周六中午来，乖乖不得了，排队的人龙从店里伸出来，绕着隔壁顾客寥寥无几的另一家烧烤餐厅团团“蛇饼”，大大辜负了左邻右里的感情。有一次有位老朋友来圣路易斯探望，我们整整排了两个半小时！这在少有塞车，少有排队以及用餐几乎不用订位的圣路易斯而言，是不可思议的事。话说回来，排队久候得来的“拍屁”烧烤，似乎格外美味。

人生也常有等待的时候。考了试焦急地等考试结果。应聘工作焦急地期盼录取通知。卖屋时焦急地期待买家出现。单身时焦急地寻觅伴侣。这些我都经历过，或在经历着。前一阵子，我和一个很真诚的朋友聊天，她提到过去四年都没有拍拖的经历。“都不会焦急吗？”我没有客气就问了。她用一首华语圣诗的歌词作为回答，让我反思：

（孩子）：我的天父　可否让我好好地谈恋爱
不再流泪　不再伤痛　不再聚合又要分开
我的天父　我只想要安稳地找个人来爱
请让我知道　那个人在不在
（天父）：我的孩子　难道你忘记了我就是爱
学懂爱我　学懂爱你自己　你就懂好好恋爱
我的孩子　何不尝试安静地慢慢去等待
你就会知道　那个人在不在

我是这样想的：等待的过程，也是生命给我祝福的一部分。不因为等待得来的结果一定更好。但守候的过程，敏锐了我们对各样美好的触觉和辨识。懂得自爱的单身生活原来很快乐。等候工作录取通知的时间，让我思考我的价值和追求。“不经一番寒彻骨，怎得梅花扑鼻香。”经过等候的洗礼，当遇见真正值得把握的人和事，我知道我会更懂得全力地争取和珍惜。这是我最近在“拍屁”烧烤店排队买饭时，饿极生悲，闲极无聊时得出来的感想。

Pappy' s barbecue（“拍屁”烧烤店）
地址：3106 Olive St, St. Louis, MO 63103
电话：+1 314-535-4340

Dear Jeffrey,

首先，“有辱国格”，这么严重？这是你在约会时想的吗？我很好奇你上次去约会忘记带钱包的事你又是怎么看的*，“外交事故”吗？那坐到坏了的凳子呢？“丧权辱国”？

哈哈，你太可爱了。

不知“拍屁”烧烤在你圣路易斯美食（约会）版图上能排到第几？

我也觉得“拍屁”烧烤店不错，作为一个不怎么吃猪肉的人，能让我吃掉半块排骨的店大概不多的。也许我的口味也越来越圣路易斯了。

其次，“美闻手札”，就是它了。旅行辛苦**，照顾家人，处理文书，还要努力长头发***，想想都觉得不容易，请多多保“轻”。

眉

* 眉扬注：Jeffrey 曾经约女生吃饭而忘记带钱包，最后不得已要人家女生付账。
** 眉扬注：Jeffrey 那时在澳大利亚陪家人旅行。
*** 眉扬注：Jeffrey 要剪头发，我自告奋勇要求操刀帮他省钱，结果剪成了“狗啃式”，效果爆笑。

第九章

孤单，但不寂寞：懒斗士咖啡馆

Dear 眉扬，

圣路易斯有很多地方我都觉得很适合去约会。但是你这样讲提醒了我，我们多加一个系列，除了本来的二十个题目，多加一个约会专栏吧。这一个圣路易斯约会地图，可能加上五六篇专门讲约会的，好像也蛮好玩的样子。

照顾家人，处理文书，努力长头发，应该是后者最难吧。

成年以来，你有可能是第一个说我可爱的人。文人要赞武功好，你说我很可爱，赞得太好了。

我爸很好笑，今天他跟我抱怨说我舅舅的工资比他多二十倍。有机会跟你说。

我妈也很好笑。昨天晚上我跟我爸在考虑要不要去酒吧看球赛。我问我爸："你想去吗？"我爸还没回答，我妈就抢着回答："他一点都不想去！"

Jeffrey

我是一个专业的学生。从进幼儿园起，我不间断地上课三十多年：两年幼儿园，六年小学，六年中学，四年大学，四年医学院，四年研究院，六年住院／专科医师实习。把这些抖出来，不是要你羡慕或同情我，而是要说明一件事：我需要咖啡馆。

在咖啡馆念书，是我多年的习惯。除却美好又可靠的星巴克咖啡（Starbucks），我其实更喜欢去一些非连锁店的咖啡馆，喝他们的咖啡和风味。懒斗士咖啡馆（Café Nadoz）就这样成为我常去蹭的地点。

懒斗士咖啡馆拥有一流的位置：坐落在欧陆式露天购物中心“大道”（The Boulevard）中间，格调高雅而不造作。出入人流穿着入时，身形健美，让你暂时忘记了你还是在大部分人体形痴肥，时装不入流的圣路易斯城里。但因为还是在圣路易斯，所以泊车理所当然地免费，而店内无限制高速上网跟大量充电插座也自是不在话下。

美艳的女生难得有内涵。既然懒斗士咖啡馆的位置超卓，别的什么一定有问题。诚然，懒斗士咖啡馆的咖啡其实不怎么样。咖啡豆是批发回来现成的，再贴上自己的标签。可想而知，咖啡豆不是自家新鲜烘焙的。好处是，懒斗士的咖啡并没有烘焙得过焦，所以在苦涩度适中之余，你还能细品出淡淡的咖啡果香和清新的微酸。你可以点一杯普通的过滤式咖啡（brewed coffee），然后不停添饮直饮至尿崩，也可以喝各式更花功夫（更贵）的即磨咖啡，如卡布奇诺（cappuccino）、拿铁（latte）、玛奇朵（macchiato）、摩卡（mocha）

等等，丰俭由人。懒斗士咖啡馆也有酒牌，你可以豁出去边读书边喝酒，然后读到一半 high（兴奋）了，自己一个人对着计算机笑。别问我怎么知道，我不想讲。

如果薯片是下酒的绝配，那咖啡该配什么呢？没错，就是甜点。懒斗士咖啡馆虽然提供三明治、班戟（Crepe）和焗意大利面之类的简餐，但我多数时间都是点甜食。其中最值回票价的，是卖 3.99 美元的巧克力班戟。现做的班戟内涂榛子巧克力酱，外面再浇上很多的巧克力粒、巧克力酱和细糖粉，每一口都甜在心头。加 1 美元可以在上面来个单球香草冰淇淋（a la mode），用稍稍没那么甜但还是甜的冰淇淋止腻。饱吃了那么甜的食物，一口浓痰化不开，又可以再多喝两杯咖啡消腻了。

一个人在懒斗士咖啡馆读书的时间，孤单，但不寂寞。不是因为信教的人相信有圣灵常伴在身边，而是因为知道孤单只是暂时的事。独自一人的咖啡馆并不是故事的最终章，而是把故事从一个精彩镜头带到下一个之间必须的转承。再精彩的电影，也需要交代故事背景的情节，而孤单咖啡馆一人打拼的时刻，就是为了构造美好故事所必要的过场镜头。我相信今天的努力，能换来将来更多的满足：原来孤单，是为了强大自己的内心，好让未来不后悔也不寂寞。

懒斗士咖啡馆是属于我的人生训练场。有些人的训练场，设在了别的咖啡馆，或 24 小时营业的麦当劳餐厅里，在咖啡香气、快速晚餐和一口口甜点之间，努力不懈地打拼着。如果你愿意，我希望你能走进我的懒斗士训练场，在这里有我引以为傲的食物和追求幸福的方式，期待地向你招手。

Café Nadoz（**懒斗士咖啡馆**）
地址：12 The Blvd, Richmond Heights, MO 63117
电话：+1 314-726-3100

Dear Jeffrey,

这一篇是励志故事吗？

我知道结尾处你在说谁，让我充满了学习的动力。

我和你一样，也是喜欢去咖啡馆学习的人，太安静的地方我反而很难静下来，总是喜欢看一会书就抬头看看街景听听市声。Café Nadoz 应该是比麦当劳更好的选择。谢谢你提供一个选择给我，我应该会经常光顾的。从明天开始。*

我去过最好的咖啡馆，除了一贯口味不错的星巴克，有两家。一家好像是叫“小世界”（Little world），在普林斯顿，是我见过的顾客看上去最聪明的咖啡馆。

点心咖啡都好味，环境就不用说了，普林斯顿整个就像个童话世界。另一家我是真心想不起来名字了，地点我也说不出来。看我多糊涂！在纽约大概18街和忘了几大道附近（应该在曼哈顿西边），只去过一次。他们的咖啡机据说是一个很独特的法国品牌，已经被星巴克“先买下，再干掉”了，所以如果零件坏了，就没有办法修了。只记得不太远的地方就是高线公园（High Line Park），旁边还有个专门卖杯子蛋糕的店。专程回去找过，还是没找到，可惜。

关于“约会系列”，我怎么可能拒绝？这样的主动要求增加工作量的作家可遇不可求，我这个不作为的编辑何乐而不为？

眉

*Jeffrey 注：那段时间眉扬在准备精算师的考试。

第十章

深夜里的纵情摇摆：Steak'n Shake 连锁店

眉，亲，

记得我跟你说过，在这些文章背后，还有一个共同主题吗？让你慢慢发掘。虽然你是“共同作者”，恕不揭晓。

要说一声辛苦你了。不只因为你半夜两点在改稿。我的文字里面很多大便、小便，肮脏的东西，要你接受、修改，应该不容易吧。第十篇文章特别严重，希望不要吓到你才是。

今晚有机会上网会把第十篇文章寄给你。

Jeffrey

这是一个用黄色笑话包装，关于友情的故事。

如果你唾弃黄色笑话，你可以跳过这一段（郭主编你不可以）。在圣路易斯，我认识了一个现已返回台湾，名叫 YH 的朋友。记得有一次，我俩深夜开车，在路上，YH 把头别过来，

很认真地问我："Jeffrey，你知道在圣路易斯有什么地方是可以在半夜不停地纵情摇摆的吗？"后来他把答案告诉我，原来是圣路易斯的一家出名的 24 小时营业 Steak'n Shake 连锁餐厅。YH 很郑重地解释说："Stick it in and shake it（纵情摇摆）." 如果你看得明白，嘻嘻，你不乖了。

Steak'n Shake 是一家每个住过圣路易斯又喝醉过酒的人都必去过的连锁店。它最大的特色不是有好吃的东西卖给你吃，而是在深更半夜还有东西卖给你吃。你知道一个人一天有三餐：早餐，午餐和晚饭，有人加上第四餐宵夜。Steak'n Shake 卖的是第五餐：当人喝得酩酊大醉，忽然很想吃东西，又已经不太介意味道，什么都愿意吃的第五餐。想当年，24 小时快餐文化尚未普及，要在三更半夜找人做菜给你吃，没有多少选择，因此，Steak'n Shake 成功插入这个市场，一时间大行其道。

顾名思义，Steak'n Shake 主打 Steak 和 Shake。Steak 不是用刀叉吃的牛排餐，而是把好好的一块牛排弄成肉酱后，再砌成一块汉堡牛肉的汉堡包（Steakburger）。这种化整为零，化神奇为腐朽的烹调技巧，深谙美式饮食文化精粹：用最短的时间摄入最多的卡路里。你可以点一层汉堡肉的汉堡包，但既然喝醉了，就来个双层或三层的汉堡包吧。我不骗你，有一段时间 Steak'n Shake 还卖过四层的汉堡包。能够如此有效率地摄取能量，是地大物博的美国

的特色。其烹调技巧也是一绝：厨师把汉堡肉用平底铲大力挤压以加快煮食速度，也顺便把美味的肉汁挤出去。Chili Mac 是另外的一绝。意大利面大家都爱吃，怎样能把它弄成最不健康又最消酒的呢？有了，在煮得烂熟的意大利面上慷慨地堆上芝士、肉酱、西红柿酱、饼干碎和 chili（一种加入孜然等香料的墨西哥式浓酱汤），大功告成。好吃不好吃不是重点，主要还是用最短的时间摄入最多的卡路里。作为伴菜的炸薯条一般会配芝士酱蘸着吃。蘸芝士酱会比蘸西红柿酱好吃吗？不见得。那为什么呢？你猜对了，还是用最短的时间摄入最多的卡路里。

Steak'n Shake 另一主打是它的 Shake（奶昔）。在一口汉堡和下一口汉堡之间的空当不摄取更多的卡路里，实在太对不起顾客了。什么饮料热量最高呢？没错，就是奶昔。很……甜……很……大……杯……的……奶……昔。除了甜和大，我还真想不到怎样形容它。有一段时间，Steak'n Shake 在电视上不停地卖广告，不停地重复："我们是一家餐厅。"仔细想一想，当一家餐厅要不停重复这一基本的讯息，还真是蛮可怕的。

你可能会想，既然食物水平这么烂，为什么还要介绍这餐厅？其实道理和我们怀念儿时玩弹珠的心情同出一辙。不好吃的 Steak'n Shake 味道，已经和记忆里的其他人情味，糅合在一起，分不开了。偶尔来到 Steak'n Shake，我会想起 YH，遥遥地祝福他在台湾生活快乐。我会想起 Merge（梅尔杰）和 Hiroshi（藤原浩），加上我凑成这三个棒球打得很烂，但感情很好的球友。我会想起我第一天来到圣路易斯，半晓之时，被学长们从机场带到 Steak'n Shake 接风，体验了"原来圣路易斯食物是这样的水平"的虚惊。直到今天，每当我想起 YH 把他的各样挣扎、困难和苦恼与我分享，我感到丝丝的温暖和荣幸。现在的我明白了，YH 的

“防御机制”是把心里的不安，埋藏在常常讲的黄色笑话之下。（小心，下文又要变成黄色了！）既然如此，如果今天 YH 再问我一次：“Jeffrey，你知道在圣路易斯有什么地方是可以在半夜不停地纵情摇摆的吗？”我会迎合着他回答：“是 Jack in the Box 吗？”（Jack in the Box 是另一家美式 24 小时连锁快餐店，名字在美俚语里可另解作“自渎在盒子里”。）

Steak'n Shake 连锁店

网址：www.steaknshake.com

Dear Jeffrey,

你不乖了！

单单看你之前的目录就预感到这一篇不简单，没想到你把 Jack in the Box 也毁掉了！那可是我五小时火车前的安慰剂啊。

开玩笑。其实，还可以……接受。

我是看过《金瓶梅》的人，这个尺度还好吧。

阅读和当面讲黄色笑话毕竟不一样。

阅读时我可以从从容容拿出我客观冷静的成年人态度面对一些有颜色的东西。

当面讲我就没有这么从容，往往在第一时间会因为不知如何反应而给出不很酷的反应。你也见识过了。

这是我的防御机制吧。

共同主题，难道是传教？

不过这个话题太宏大，应该另外找一个机会聊。

不然，共同主题是圣路易斯生活回忆录？大概我看完这个系列，会记得十几个未曾谋面的你的朋友吧。

旅途愉快！

May

第十一章

往上堆的笑逐颜开：Cheesecake Factory连锁店

Dear 眉扬，

不知不觉，进入第十一篇。以文会友，以友辅仁，真的很珍惜这段文字里相知相交的时间。相处越久，我越肯定能够认识你，是件多么值得高兴和珍惜的事。我们一起胡闹要编一本《美食手札》(Food Journal)，虽然离写完还差很远，我已经有点不舍得有一天结束。

不知道我的文字风格是否经常重复？我的文字应该算讽刺/黑色幽默？可是不想太过火，物极必反。

这篇文字很干净，请放心。

真的很期待两天后的相见。*

骏

小学生作文“我的家庭”，老师建议这样开头：“我有一个幸福的家庭。我有一个能干的爸

* 眉扬注：那段时间我回国，Jeffrey也在亚洲陪家人，于是相约一起游北京。

爸和一个慈祥的妈妈……”（当然现在大可改成：“我有两个能干的爸爸……”）没想到，二十多年后的今天，我写文章竟真的就这样开头了。

我有一个能干的妈妈和一个慈祥的爸爸。我爸把人应该豁达面对生命的这份态度，言传身教给了我。我难得见到他：除却我每年回印度尼西亚的几天，就是他偶尔来到圣路易斯住上几个星期。在这些日子里，我能近距离、密集地认识他，陪他说话，听他把生活里的不如意，用笑容、笑声轻描淡写地带过去。而让我对我爸的豁达满足的生活态度印象最深刻的，是发生在芝士蛋糕工场（Cheesecake Factory）里的一件微不足道的事。

芝士蛋糕工场是一家中上价格的连锁餐厅，以高质量的芝士蛋糕和哗众取宠的冗长的餐牌为主打。在美国，一个城镇有没有芝士蛋糕工场，是那个地方开发度高低的指标。想当年，圣路易斯还没有芝士蛋糕工场，所以我和我老爸只有在旅行芝加哥的途中，试他一试。

先谈它的甜点。芝士蛋糕是芝士蛋糕工场的噱头，价格偏贵但分量十足。芝士蛋糕口感

滑溜，绵软的蛋糕释放出浓浓的芝士香，每一口都是享受。即使是不嗜芝士的朋友，也欲罢不能地一口接一口。因为蛋糕庞大，可以四个人叫一份吃，也可以从二十多款当中一人点一份：原味（original）、纽约口味（配樱桃肉果酱）（New York style, cherry compote）、乌龟口味（caramel pecan turtle, 把焦糖山核桃仁放在一起，取其形似而命名，不是真的有乌龟肉）、“太过分”重口味（outrageous），等等等等，任君选择。每人每样浅尝几口后，再要四个便携盒把剩下的一大半各自带回家。当然也有可能有人集中吃掉朋友的一份，自己的一份原封不动地拿回家。

再谈它的主菜。洋洋十数版的餐牌，涵盖各类型的菜系，包括美餐，美国化的中餐和欧陆菜，以及不同的融合亚洲菜。我最喜欢点的是它的美式中菜香橙鸡和爆爆鸡（bang bang chicken）。没错，又是香橙鸡（见前文“熊猫‘很快’连锁店”）。在圣路易斯的 Galleria（著名百货商场），芝士蛋糕工场就开在熊猫“很快”快餐厅的正上方，而我就经常轮流在这两间店买香橙鸡。比之熊猫“很快”，芝士蛋糕工场的香橙鸡味道更重一些，酱汁更多一些。视乎心情，

有时我会挑价廉物美、方便快捷的熊猫“很快”，而心情更好时则会选择包装精美、重口味，还有俊男美女侍应生的芝士蛋糕工场，顺便外带一份芝士蛋糕回家。

最后谈它的前菜。不得不提芝士蛋糕工场的鸡胸肉西泽色拉，分量出奇地大，你可以选择点半份或一整份。记得那次我和老爸点了半份的两人分吃。 送上来时，小山丘般高的西泽色拉上盖了两大片切条的鸡胸肉，蔚为奇观。我老爸看着这色拉森林，高兴得笑不拢嘴。有什么比这更令我老爸高兴呢？我们看到坐旁边桌子的两人叫了整份的色拉，送上来时一座巨峰上浮着四大片鸡胸肉。我爸可乐了：“这么大份她们两个女生怎可能吃得完？”一顿饭的笑逐颜开，就由一份分量十足的鸡胸肉西泽色拉带出，以一句“这芝士蛋糕的分量也太高估了我吧，呵呵呵”结束。

Dear 文骏兄，

我不怎么欣赏但是很有名的可可·香奈儿（coco chanel）女士说过我赞同的一句话：时尚不断变换，但是风格永存。

所以文字风格的重复不是问题，嬉笑怒骂都是你，刘氏文风。

但是黑色幽默真的谈不上。

Jeffrey，请你正视你字里行间满满的正能量好吗？

你爸爸确实很可爱：在你发来的餐厅啤酒歌视频里，一群低头玩手机的人（包括你）中，夹着手舞足蹈笑容满脸努力迎合你手机镜头的爸爸，非常喜感！

在我的字典里，“好玩”是很高的评价，我们闹着玩正在做的这件事，很好玩。

你，也是个很好玩的人。

不知不觉，时间飞逝，我们的中国之行已经结束了。

人生太严肃，好玩的事情不算多，能遇到个肯跟我一起胡闹的朋友，也是我的幸运。

祝你旅行愉快！*

眉扬

知足常乐。

生活里的忧虑和未知，每每让我透不过气来。我感谢我爸：他那份毫无来由的从容和开朗，恰恰平衡了我妈常常没来由的紧张。俄国思想家列夫·托尔斯泰（Leo Tolstoy）曾说过：“所有幸福的家庭，都大同小异，但不幸的家庭，则各有其不同处。”到底我的家庭是幸福还是欠缺幸福？我说不准。但我知道，我妈身教了我辛勤，我爸身教了我豁达。在这两者之间，我得到了向未知探索的勇气和后盾。在灰心丧气的时候，我只要想起我爸盯着旁桌那鸡肉西泽色拉看的古怪又欢乐的表情，我又能相信我终会再次展开笑容面对生活。

* 眉扬注：北京之后，Jeffrey 和家人一起去了欧洲旅行一个月。在德国一家小餐厅吃猪脚时，Jeffrey 录下了现场乐队的热络气氛和开心吃猪脚的家人。

顺带一提，我们旁边桌的两个女生竟然在主菜上来前就把整座鸡肉西泽色拉干掉了。连打包盒都省掉，果然是环保、健硕的美国新一代。

Cheesecake Factory（**芝士蛋糕工场**）

网址：www.cheesecakefactory.com

Dear 眉扬，

很庆幸跟你，不言而喻的默契。写《美闻手札》的时间，好像船抛了锚，靠了岸，安静平安的一刻。

突然想起来一件事，想跟你分享。我的公公，就是爸爸的爸爸，叫刘润南。他在我出生之前就已经过身了，所以我没有机会见到他。但透过我的阿婆，就是爸爸的妈妈，我好像认识了他。阿婆经常很怀念公公。每次谈到我的公公，阿婆总是用最尊敬的口吻，崇拜地讲他做过的事情。虽然婆婆在公公过身后多活了三十多年，但每次在言语之中提到公公的往事，阿婆脸上总是会添上骄傲的笑容。她是在回想跟公公一起做过的好玩的事吧？又或是一起胡闹的日子？我不知道。虽然公公比阿婆少活了三十多年，但他被骄傲地怀念着。我阿婆过世前的几个月，身体很不好。在她写的日记里面，她说："我真想快一点去见公公，他等着我，他等了很久。"我希望他们现在已经遇着了。

我的公公跟阿婆，大概建立了我心目中，对幸福的定义吧？能够被一个人爱着、佩服着、怀念着，是一件了不起的事吧。又或者说，不能被一个人爱着、佩服着、珍惜着，是一种什么样的遗憾呢？

聪明的你，又是怎么想的？

文骏

Dear Boss*,

看到你的这封信非常感动。

我跟你说过，在我的生活经验里是没有看到过什么堪称典范的关系的，许多模范夫妻、情侣凑近了仔细看也不过是一地鸡毛，禁不起细细考量。

传奇之所以是传奇，就是因为少见吧，少见到我这等俗人以为传奇只存在于传说里。遗憾是人生的常态，常态到很多人都不觉得是遗憾了。杨绛、钱锺书这样公认的让人称羡的爱情，也因为远离我的生活让我多少有点怀疑。

看到一个可信的人说他见证过这样的爱情，让我很感动。这样的见证也是你坚持标准的信心来源吧。

我很理解你婆婆的幸福：一段婚姻，几十年，一起生活的日子里，两个人几乎是无距离的，而生活的烟火气又是那么重，几十年下来还能对一个人佩服、怀念，是两个人共同的幸福，也是生活的厚赐。

我不禁想起郭靖和黄蓉，胡一刀和胡夫人，李逍遥的爸爸和妈妈。原来真的存在，真好。

我也真心希望他们已经遇到了，不辜负三十年的等待和思念，不辜负更久的相处和相知。

这件事，加上你有一次告诉我你阿婆在去世前留给你的字条，让我觉得你倒是你阿公阿婆的一个小知己。这样的传奇，有人懂得欣赏，也是真好。

眉扬

Dear 眉扬，

写了一半的第十二篇要拜托你来完成了。

Your bossy Boss

* 眉扬注：那时疯狂迷恋穿雨果·波士（Hugo Boss）品牌的德国国家足球队。跑去德国旅行的 Jeffrey 去了 Hugo Boss 专卖店买大衣，于是有了外号 Boss，中文叫作刘老板。

第十二章

Ole! Ole! Ole: 水牛的狂野翅膀

网络美食作家主页君小雨在她的文章《深夜食话 / 一口乡愁》里这么说："越成长越明白聚散离合是人生最无可奈何的几个字，你从来无法避免，无论是自己还是朋友的离开。而走得越远越发现身边的人也再不能常在。流落在世界的某个角落，你还要告诉自己不能因为贪恋安全感，忘记了当初为什么出发。于是再也回不到那个城市的熟悉温柔，庆幸还有食物慰藉了那一口乡愁。"

有时在异乡待得太久，竟会找得到比家乡更多的归属感，"反认异乡是故乡"了。从负笈远行的学子生涯开始，在圣路易斯待了这么多年，在远离它的时候我才意识到，我对这个城市的感情也早已转化成了乡愁。这种乡愁来自生命里出现的朋友。

Edwin（埃德温）是我在圣路易斯相交最久最深的朋友。

初识 Edwin，是在 2000 年的一次教会团契聚会上。 本来没有生活交集的我们，因为一

Dear Jeffrey,

现在交作业。

抱歉我没能在去芝加哥的火车上如期交卷。

我没有刻意模仿你的行文风格，希望没有太多的不和谐。

对Edwin和你的友谊，我确实是在试图从你的视角来写，当然依据也只能是我的观察。

这家餐厅，我只光顾过一次，很高兴Edwin也把这家餐厅介绍给我，有机会一起见证德国队加冕。

虽然是印象非常深刻的一次，能提供的细节还是不够充分。

如果没有让它更完整，至少篇幅长了一点，共同署名作者这个头衔总算少勉强了一点点。凑字数的功劳我就先领了，别的夸奖要等你看过才能给我。

不客气，哈哈。

米兰的风景如何？如果是九月去就可以看到参加春夏时装周的模特了，虽然现在的意大利美女应该也是不少。祝你大饱眼福。

眉扬

起在团契服侍而熟悉起来。当我们知道彼此都是狂热的足球迷后，就经常一起踢足球、打足球电动和看足球比赛。好比卡通《足球小将》(*Captain Tsubasa*)里的戴志伟(日文原名大空翼)借着足球找到朋友，Edwin和我也借着足球彼此相知相交。难得我们支持的球员和球队都很默契地一致，几乎不曾为此争辩过。虽然两个都怕受伤的人经常在周三晚上的业余足球比赛里充任对手球队的守门员，我们的友谊却超越了比赛的对抗。

两个懒散的男生都不太会整理自己的狗窝，经常羞于见人。所以Edwin和我常聚脚在水牛的狂野翅膀（Buffalo Wild Wings）看足球比赛。这间体育酒吧餐厅（sports bar and restaurant），有全方位不计其数的大电视和投影机屏幕，同时播放各项体育比赛。边进餐，边灌啤酒，边看足球队员入球后脱衣庆祝，边骂球证（裁判），是至高的享受。而水牛的狂野翅膀提供的食物恰到好处地让我们把注意力投向电视的同时，也能不知不觉地把东西吃光光。我想，那是它成功的依据吧。

水牛的狂野翅膀名字里的“翅膀”，指的是炸鸡翅膀。炸鸡翅膀混合不同味道的酱汁，是这间酒吧餐厅不可错过的狂野美味。简单粗犷，肉多味浓，适合看比赛时的心境。

十多种选择里，由不辣的香酥盐醋味（salt and vinegar）和照烧酱味（teriyaki），到微辣的蜜糖烧烤酱（honey BBQ）和辣蒜香味（spicy garlic），再到极辣的芒果哈瓦那露（mango habanero）和辣炽炽（blazing）味，一班朋友可以各怀鬼胎地点不同味道的炸鸡翅混酱，然后悄悄地把极辣的炸鸡翅塞到不吃辣的朋友的碟子上。如果你试过“变态辣翅”或者“绝味鸭脖”的极辣口味还活下来了，那就不用担心朋友的这种作弄：美国人对辣的定义很大程度上是虚张声势，所以不要看名字就被吓倒了。

其他的食物选择也非常“运动酷炫飞上天”。炸薯条（可以选择薯条的形状和加不加芝士）、墨西哥卷饼（可以选择馅料）……都是非常美式、非常男性化（或者非常美式男性化）的选择。这些东西用手抓着不顾形象地大啃才是正确的吃法，用刀叉根本是装模作样的假斯文。也许，去水牛的狂野翅膀看比赛本身，就是男性激素的一种证明。

水牛的狂野翅膀也提供有不错的啤酒选择。除了一般的大酒厂的啤酒，因分店所在的

位置，还会提供当地量产型小啤酒厂（craft micro-brewery）的啤酒，让你在支持本地球队的同时，也支持本地啤酒。

Edwin 在生活里是个相当沉默的人。很多时候我们的友谊建立在我的滔滔不绝和他的默默陪伴上。但在水牛的狂野翅膀里，大概我能看到 Edwin 最“狂野”的一面：Edwin 和我以及我们其他的朋友，曾经一起为我们支持的球队击掌、欢呼、拥抱、痛饮、大喊大叫到声嘶力竭，无数次。

这地方，满载了我们一起生活过的年月的见证。

在我们相识的十几年间，每个人都经历了恋爱、分手、读书、工作等许多变迁，彼此看着对方从年少轻狂一路走来，不变的是对足球的热爱和彼此的交情。从每赛季数次的西班牙国家德比，到每年一次的欧冠决赛，再到每四年一次的世界杯，我们的激情沉淀在时光里。

有些人，无论走到哪里，走得多远，他们永远活在你的生命里。就好像船锚，他们让你无论流落在世界哪一个角落，都能得到安稳。他们也好像指针，在你迷失时，告诉你家的方向。

我很庆幸，我有 Edwin 这样一位朋友。他让我起初在圣路易斯，在没有家的地方，找到了依靠。在我困难的时候，他用静静的友谊给我力量。我也确信，在未来的日子，当我离开圣路易斯走向未知的时候，无论在哪里，想到老朋友就会带给我满满的正能量。

到那时候，水牛的狂野翅膀的炸鸡翅和啤酒，竟将成为我新的思乡味。

Buffalo Wild Wings（水牛的狂野翅膀）
网址：www.buffalowildwings.com

Dear 眉扬，

我还没有机会回复你和我一起写的第十二篇，但是粗略地看了一下，实在觉得你写得太好了。所以，任务一，我想第十三篇可不可以由你来写，让我过一下做主编的瘾。我不限制你写哪一家餐厅，圣路易斯、纽约、郑州、北京、上海都可以。如果没有任何想法，可以写首尔花园（Seoul Garden）——我们一起去过的圣路易斯的韩国餐厅。不需要用预先定下的一模一样的题目。这个任务，可以吗？

Your bossy Boss

这一章跟上一章之间隔了很久，发生了许多许多事……

Dear 眉，

…… ……

今天，我就好像申请大学，把申请表交上去给你，希望有一天我们能成为男女朋友，以及更多。在个人陈述里，我把我的想法讲出来。剩下来的，就是等录取通知。有可能录取通知永远不会来。但也有可能，在未来的日子里，我会打电话到录取办公室，问，我有给录取了吗？到时候你可以回答我，不，你的申请已经给否决了。或者，申请还在审核当中。或许，你会跟我说，恭喜你，申请已经通过了，欢迎你。

…… ……

Love（爱你的），

骏

Dear Jeffrey,

我说你聪明，你说我们的想法相近：大部分我所想的你都已经在个人陈述里写得好清楚，让我这个录取办公室主任无话可说，只能回你一封确认函——Your application is successfully submitted.（你的申请已经成功提交。）

眉

Dear Mr. Lau,

I'm glad to announce that your application for admission is accepted.

Yes, this email functions as the formal letter of acceptance.

Thank you so much for your interests. Congratulations and hope to talk to you soon!

Your sincerely,

Meiyang Guo

亲爱的刘先生，

我高兴地通知您您的申请已经通过，您已经被本学校录取。

是的，这封邮件就是录取通知书。

谢谢您报考本校。热烈祝贺并希望在开学时见到您！

郭眉扬

Dear admission office,

I am elated to receive the news of my acceptance. I look forward to this life-changing experience! I also hope to contribute as much betterment of the school, as I have enrichment of my life thru this experience!

Sincerely,

Jeffrey

录取办公室，

很高兴收到录取通知，很期待这即将开始的人生体验。

希望我能为学校做出贡献，回馈学校给我的春风化雨。

刘文骏

FOOD
美味

第十三章

Cielo:
深夜里的灯火

Dear Jeffrey,

荒废了许久以后终于迎来新一篇——由我主笔的一篇。当惯了读者和编辑，总有一种“兵来将挡，水来土掩”的安心，现在角色调换，真有点惴惴不安。

虽然文章写得慢，这段时间我们的美食经验却一点没有放慢脚步。对镜自照，觉得肥了不少，只好安慰自己说：厚积而薄发，哈哈。

让我们整理好身材，迎接美食和生活。

把之前整理的文档一并发给你。

Bacon*

* 眉扬注：我都忘了为什么我有个绰号叫培根！

我和刘先生两个人一时玩心大起要写这个美食指南，其实都不知道世界上除了我们俩之外还有没有人需要“被指南”。反正我来到圣路易斯以后，有很长一段时间都不是太清楚圣路易斯的美食水准到底如何。

地处美国心脏地带（怪不得刘医生也是心脏科的），圣路易斯的美式烧烤、汉堡之类的地道美国食物水准可想而知；此地韩国人出乎我意料地多（可能有很多是当年的朝鲜战争移民），所以韩国菜的水准也相当不错；对中餐我比较有发言权：这里广式早茶餐厅的环境、菜式和服务都超过纽约、芝加哥和旧金山，我不太明白为什么，如果非要说个原因，大概因为这里中国人没有那些城市那么多，所以开餐厅的人更有闲情逸致把事情做得精美些。总的来说，如果你游历过纽约、香港这样的知名美食天堂，因此对这个城市的美食水准没什么期待，那来到这里你大概不仅不会失望，反而会被惊艳到。

可是讲到内涵丰富、环境优美，适合不饿肚子的时候慢慢品味的欧式美食（European cuisine），我对这座越来越熟悉的城市还是缺少信心。直到遇到 Cielo（西亚罗餐厅）。

从名字就看得出来，Cielo 是一家意大利餐厅，发音应该是“chee-eh-lo”，在意大利文里是天空的意思。餐厅坐落在市中心的四季酒店顶层泳池的旁边，确实是个离星空很近的位置。远处坐落着圣路易斯的地标建筑——超然不群的拱门。

酒店的网站上写明对用餐者着装的要求是商务休闲，这大概是最低要求。着装过于随便地出现在一个场合固然很失礼，然而全副武装、如临大敌地去吃饭，如果环境衬不起，也实在有点不上算，反而显得隆重打扮的人没见过世面。（这大概就是为什么大家一直都在强调“不经心的时髦”，参见张曼玉某一年着裤装一身轻松地走香港电影节红毯反而成了最佳着装这件娱乐大事，媒体都在感慨 Maggie 举重若轻，果然是时尚偶像。）这个难题在 Cielo 变得很容易解决，因为这里的环境确实有让人特意打扮而不觉得夸张的氛围。夏季的傍晚，坐在这里，

从夕阳西下直到灯火亮起、繁星满天，啜着气泡酒，看着在种种光影中交错着的香鬓丽影，确实是一件乐事。

在美国，意大利菜非常流行，从街边 99 美分一块的比萨（pizza）到意式连锁餐厅里十几美元一份的意式面食（pasta），想要把意大利菜做得非常难吃确实不易。然而正因为流行而又美味，随手可得，想要在一众从低到高各种档次的意大利餐厅里跳脱出来给人留下印象，反而变得更不容易。

Cielo 做得很不错，看菜单就能感觉到它的用心。

先从甜点讲起：Cielo 提供的餐后甜点选择众多而地道。除了一般高档餐厅的那些精致细点，还提供 Gelati（水果做的夏日冰品）和 Gelato（意式手工冰淇淋）。可能是我孤陋寡闻（刘先生大可在之后纠正补充），我不知道除了这里，圣路易斯还有什么地方吃得到这些气泡密实、口感细腻，而又不像美式冰淇淋那样油腻的好东西 [Jeffrey：亲，找天我们去 Clayton（克莱顿）的 Pasteria（帕斯特里亚）餐厅]。Cielo 的明星主厨吉安 · 尼古拉（Gian Nicola，他的巨幅头像就印在离餐厅不远的高楼顶上，食客都可以在凭栏远眺时看到）是这么解释自己的甜点主张的："我在烘焙店长大，所以从很小的时候就学会去欣赏点心中各种精妙的滋味，而不仅仅是把注意力放在甜上。"（I grew up in a bakery and trained from a very young age to appreciate the subtle flavors of pastries without overemphasizing their sweetness.）做甜点的能知道不要过分强调甜，也就更上了一个境界。

意大利餐厅不可以没有意大利面。这里的意面重点在餐厅特制（homemade，不是从外面买回来的半成品），新鲜手做、酱料丰富、口感层次很多，当然不同于大学饭堂里微波炉加热的超市酱汁加水煮袋装意面。意餐本来原料易得，没有什么稀奇，可是仅仅拌色拉、蘸面包的香醋，便宜的有 3 欧元 16 盎司 *，贵的有 300 欧元 1 盎司，原料的讲究原在于这些细节。Cielo 在食物里的用心，自有那些细心的食客感受得到。其他的菜式，就我吃过的几样而言，意大利饺子、香煎的海鲜、牛排等等，可以想象，都不失水准。

除了正常的早、午、晚餐，周末的时候，你还可以在懒觉起床后，晃到这里来吃个满是阳光的早午餐，和晚餐比肯定又是一番不同的体验——这是我还没实现的小计划。早午餐的餐牌里有一道不起眼的色拉让我非常好奇：家传秘制西红柿罗勒奶酪色拉——它的调味酱汁是意大利柠檬甜酒！

不知有没有身在圣路易斯的单身男士为选择约会地点苦恼过。刘先生侠义心肠，急人之所急，“以身试法”，把我带到这里来。为了回报社会，我们愿意把这家餐厅推荐给渴望浪漫而为之苦恼的人——想想看：美食美酒，在明亮温暖的小蜡烛前，两人聊到忘记了时间；伴着餐后咖啡，温和贴心的侍应送上属于你们的甜点——听上去圣路易斯的人们已经有了完美的约会答案，不是吗？

这就是圣路易斯的 Cielo，让你在黑夜里找到灯火，在偶然的不经意里遇到超乎你想要的，在没有期待的地方发现专属你的答案。

Cielo（西亚罗餐厅）

地址：999 North 2nd Street, St. Louis, Missouri 63102

电话：+1 917-862-6265

* 编者注：1 盎司合 28.349 5 克。

亲，

第一次角色互换，你撰文我吐槽，感觉满……骄傲的。你的文章四平八稳，感觉比我写的可信性高得多了。由你推荐餐厅，感觉很靠谱。

虽然你和我的撰文风格大相径庭，但阴阳调和，反而能擦出奇妙的火花。

所以，我擅自把一些本来表达含蓄的文字，用一点也不含蓄的句式代替了。不知道你的感觉如何？我在文章要害的地方下了几刀，但大部分文字还是保留原汁原味的“眉扬风”。

在我心里，Seoul Garden 是浪漫美食地图的起点*，而 Cielo 是浪漫美食地图不可或缺的“市中心”**。在这两地标之间，我们可以放任地构筑各样的甜蜜，在不同的时光、不同的餐厅做不同的傻事，再把它们记下分享。

骏

Dear Boss,

老板果然是大手笔，出手不凡，大刀阔斧，刀刀要命——浪漫得要命。

你说我的文字四平八稳，也许你也看得出来，我是写得很克制，小心翼翼，生怕手一抖“自己”这味调料放太多，吃得读者高血压。

其实，我就是这么小气的人，爱看别人的大腿舞，爱八卦，却连自己的脚趾都不愿意露出来娱乐大众。

今天看到一个天才小说家说：只有小说才可以去掉距离感，放肆大胆地跑到别人的生活里撒个野看个够，散文终归是做不到。

其实不只是别人，连自己也是有距离感。这就是所谓“媚俗”吧，在自己的文字里也是忘不掉读者，总想别人看了会怎么反应，因此在表达欲和隐私权里找平衡。

可是，亲密感是不是也由此而来呢？如果有件事只有你我两个人知道，即使是小到袜子底上有个洞这种事，也是感觉很不一样的吧？

老板提到冰淇淋店，是要请客吗？我当你答应了。

多谢多谢！恭喜发财！

眉扬

* 眉扬注：那是我和 Jeffrey 第一次深入聊天的餐厅。
** 眉扬注：Cielo 是 Jeffrey 递交申请书的地方。

第十四章

Cracker & Barrel：麦田里的守望者

食物其实是有不同个性的，不同的食物有不同的表达。比如氛围浪漫温馨的烛光晚餐，人们大多会点葡萄酒；在失恋后才会跌跌撞撞跑到小酒吧，扶着凌乱的额发痛苦颓然地让酒保送上威士忌一饮而尽，正是张爱玲所谓“高尚的下流”。这说明葡萄酒和威士忌的个性不同，各有其用，大家也就顺势而行，各取所需。有个经典的关于食物个性的例子：在电影《蒂凡尼的早餐》(*Breakast at Tiffany's*) 的开头，纽约的一个清晨，奥黛丽 · 赫本 (Audrey Hepburn) 扮演的女主角穿着优

Dear Boss,

小郭交作业，请老板看附件。

我已经告诉过你，但是还愿意再讲一遍：正是生活里的这些关于你的小事，让我愈来愈感觉到 cómo no te voy a querer! *

我妈妈收到了我之前寄出的生日贺卡。虽然晚到了几天，但是我在贺卡里面写的话是前所未有地肉麻，于我简直是挑战人生极限。

我睡前在床边写好，然后飞快地从阳台跑到门口的邮箱那里把贺卡投了进去（还穿着睡衣），然后就直接回家关灯睡觉了——没有机会改变想法。

她看过之后自然是感慨系之——是那种如果我妈妈一定要感慨些什么，我希望她这样感慨的那种感慨。

这种肉麻的能力和意愿我是跟你学的，在老师看来也许可改进提升的空间还很大。

既然结果是好的，我自己也觉得应该多坚持，多练习。当然要谢谢你。

我妈妈要我问候你。

我也问候你——周中愉快！

May

雅的小黑裙在纽约第五大道的蒂凡尼珠宝店橱窗外，一边望着橱窗，一边不时低头啜一口咖啡，吃着棕色纸袋里的 Bagel（硬面包圈 / 贝果）。一杯装在矮矮的纸杯里的咖啡，一个装在棕色纸袋里的 Bagel，都是步履匆匆的纽约客早上经常边走边吃的快捷食物，能让在纽约生活过的人看到这一幕会心一笑，感觉无比熟悉。女主角的背景和故事发生的环境，透过食物穿过银幕，有了生动的交代。

说了这么多，其实我真正要介绍的是这家我来到圣路易斯郊区（O'Fallon）后才见过的餐厅，Cracker & Barrel（饼干和木桶）。这其实更像是一家主题餐厅，因为它的风格实在是

* 眉扬注：西班牙语，皇马球迷之歌《cómo no te voy a querer》里的一句，“我怎么可能不爱你”。

太鲜明了——它专门提供适合在美国中西部一望无际的大麦田里吃的食物和配套的心情。为什么身为一家连锁餐厅，之前我在东海岸从来没见过？因为纽约没有配套的环境，食客怎么产生配套的心情？没有配套的心情，食物怎么会应景？

想象你是个美国中部家庭农场上长大的女孩——具体点，你穿着磨到发白的牛仔裤和格子衬衣，住的房子里每件家具都是木质的，朴素而结实，开着小卡车去隔壁小镇读高中。每

天早上妈妈端上早餐，爸爸和兄弟们吃完饭就开着拖拉机去金色的麦田里工作。累了，大家躺在麦田里晒太阳，一个脸上长满了雀斑的小伙子拿出木吉他开始唱《小镇上的汉堡餐厅和姑娘》。晚上回到家，大家点着壁炉围炉夜话，乡村之夜的空气里满是烤番薯的味道。

从我走进餐厅的第一步，餐厅的一切，从装饰到音乐甚至气味，都是为了让我有这些想象。

餐厅的菜单是硬的牛皮纸印的。早餐的套餐名字大概叫作“赫时尔舅舅的最爱”“乡村旧时光”“妈妈甜薄饼”等等。

没感觉？试着把它们换成以下的中文名字：“张大叔早点”“传统小吃”“大娘煎饼果子”。有感觉了吗？对了，就是这种精神内涵。其实食物大致就是各种煎鸡蛋、炒鸡蛋、炸培根、黄油饼（butter biscuit）、糖浆甜薄饼（pancake）的组合。

午餐和晚餐的选择多一点，各种烤鸡、烤牛肉、炖猪肉、煎鱼块，有大块肉的肉汤，很大块黄油烤大块的土豆，切得非常粗的炸薯条，配上从早到晚不断供应的黄油饼或者“玉米马粪糕”（corn muffin），非常美式，非常乡村，都是不怎么精致但实在的东西。

我要特别推荐他们的黄油：加了盐的高品质黄油烤到熔化，香气四溢，味道单纯而饱满，每一口都满足感十足。不仅放在黄油小饼干、烤马铃薯上好吃，单做主角都好味。人类对脂肪的渴望深埋在我们的基因里，这样的好黄油就是这种渴望的终极满足。

吃完正餐，来个肉桂炸苹果或者黑糖烤番薯当甜品，配上咖啡，结结实实的一顿饭才算完整，干活的力气又回来了！挺着肚子，简直连走路的每一步都是实实在在的。你还可以把餐厅的体验延长、带走：在餐厅附属的商店里出售包装自然、原料货真价实的蜂蜜、黄油、蛋糕粉等东西。

食客呢？西装革履的金融精英是不太适合这种环境的，吃颗草莓都要计算热量的时髦小姐也有点格格不入。坐在餐厅中间放眼四周，都是体形壮硕，穿着帽衫或者粗针织毛衣的客人放松地在大口的食物里找安慰或者回忆，正像他们在麦田里劳作的爸爸妈妈甚至祖父祖母——正宗的美国人。笑容纯朴、态度热情的侍应和客人乃是相映成趣。

回到前文食物个性的话题：你能想象那个穿着小黑裙的优雅女神在点着粗蜡烛的木桌子前大嚼烤牛肉吗？你能想象她在第五大道上吃的不是 Bagel 而是黄油饼，下一个镜头满脸黄油地对着观众吗？所以，食物是有个性的，提供食物的餐厅也是有个性的。

这家餐厅这样描述自己：悠悠光阴里有些东西是不会变的。就算是我们恋旧吧——我们所追求的其实并不是重现一个已经过去的旧时光，而是保留下传统。在我们看来，乡村生活其实和你实际的居住地点无关，更多的是一种生活方式。（Things are likely to stay this way, too. Call it nostalgia if you want, but the goal isn't simply to recreate to a time gone by —it's to preserve it. Because the way we see it, the lifestyle of rural America isn't about where you live. It's about how you live.）

在忙碌了一天后，来到 Cracker & Barrel，用周围人的笑脸和淳朴人情味温暖冬夜，用接地气的食物充实胃口——这样的个性是让人容易亲近放松的。返璞归真，一顿不“装模作样”的晚饭不失为慰藉人生的好选择。有时，仅仅知道它在那里，就得到一点慰藉——正像麦田里的守望者，就在那里，哪也不去，用笑容欢迎你回家。

Cracker & Barrel（饼干和木桶）
网址：http://www.crackerbarrel.com

亲，

我跟你说今晚在K.C.* 想要赶进度写研究报告。但写《美闻手札》的回复邮件比干活快乐多了。研究报告明天再说。

"小说才可以去掉距离感，放肆大胆地跑到别人的生活里撒个野看个够，散文终归是做不到。"那么咱们的《美闻手札》呢？能够在有需要的时候，去掉我们之间的距离感吗？能够在将来哪一天我们感觉越来越远的时候，提醒我们回到同一个方向吗？我希望将来每一天，我们都能一起培养属于我们的亲蜜（密）感。就算是好像今天我身在Kansas City，我也在文字当中感受你的同在，也因此感觉很幸福。

随着你的投稿，我们名正言顺地成为共同作者，《美闻手札》的电子邮件也因此出现了两条并行线：这一篇先回你的第十四篇。下一篇再接上新的第十六篇（中间第十五篇你已经批阅过了）。如果你有感动，请继续多写第十七、十八篇吧。

我很喜欢第十四篇《Cracker & Barrel：麦田里的守望者》，非常非常地喜欢。你的这篇文字给我一种很温暖、很贴心的感觉。感觉好像我被带进了这家餐厅，嗅到那烧香了的牛油香味。有一种在寒冷的秋冬天，走进Cracker & Barrel，立时有了很温暖的家的感觉。

我俩第一次去Cracker & Barrel，是夏末秋初的一个晚上。我们刚看完了一场免费的棒球赛。你对Cracker & Barrel的体会，比我的更细腻。看了你的文章，我想下一次我回到Cracker & Barrel，将会有完全不一样的心境。

我对此文只做了很轻微的修改。希望没有破坏原文的意境。

"其实，我就是这么小气的人，爱看别人的大腿舞，爱八卦，却连自己的脚趾都不愿意露出来娱乐大众。"说得很像你。在大事上慷慨，在小的私事上腼腆。我就是喜欢这个眉扬。

Love,

Jeffrey

* 眉扬注：堪萨斯城的缩写。这时的Jeffrey又在堪萨斯城支援人手不够的医院科室了。

谢谢你喜欢这个眉扬。

突发奇想，如果我改名叫扬眉，你还喜欢我吗？

我爸要我更上进；我妈希望我更圆滑；达文西要我更妩媚；Figaro（费加罗）希望我更笨（或许吧）；我自己呢，希望我生下来就有做事不费吹灰之力的天才，也希望我能瘦十磅*和别的许多。

能够被接纳是很宝贵的事。特别是你：因为距离，朋友不需要知道我的缺点；家人呢，因为血缘几乎是必须接纳我；而接纳自己是我很重要的功课，而且很可能是一生一世的功课。

你，在有选择的情况下选择接纳这个不完美的我，正如绅士打得过女人却不会对女人使用暴力，天才有资格睥睨群雄却选择随和待人，Linda（琳达）如此有钱却和我一起吃单位食堂——正因为不是必须，不是被迫，才显得尤为难能可贵。其实宗教也是，想到自己满身缺点耶稣基督还是不放弃每一个人，教徒确实是如释重负，感恩涕零。

亲密感从何而来？我想，可能从"不是被迫在一起"而来吧。如果没有重力，你还是一心向往地球，那就是你和地球亲密感的来源了。有些古建筑（比如金字塔）不用钉子，材料也能很好地贴合在一起形成稳固的结构，这就是亲密感。我想，被迫在一起的，无论是被人乱点鸳鸯强迫配种关在一个笼子里的大熊猫，还是一个牢房里的狱友，都不见得有什么亲密感。

很多事情上我们没有选择，正如我们的性别（为什么又讲到性别？哈哈）。但是在有选择的时候选择，这就是生命的意义，也是我们关系的意义——如果我们能记得选择的可贵，我们就会珍惜我们所选择的，感激我们所拥有的。

再次，谢谢你。I'm grateful to be known and to know you.（很感恩能认识你以及被你认识。）

眉扬

PS（又及）

无论是 Branson（布兰森）还是 Kansas City，看来你最近都要经常开车。友情提示：开车小心，多保重！**

---

*编者注：1 磅合 0.453 6 千克。

**眉扬注：那天我开车走错了车道给罚款，然后不敢开车了要 Jeffrey 来接我。

第十五章

我是打不倒吃不死的死忠饕客：WH茶餐厅

亲，

现在就把第十五篇寄给你。

从我们相知到相交，很庆幸有这本《美闻手札》，陪着我们见证这段时光。将来有一天，如果能把它付印，将有更多的人，分享我们彼此认识的故事！我很期待。

第十五篇又有了一些不洁的场面。由不洁到哲学，是我的写作手法吧？

第十五篇文始于低俗，力图高雅，最后不免于俗。这个模式，大概以后还会出现？我喜欢这样的铺排。不是故意地附庸风雅，而是在市井中找到属于我的声音。

期待你的反应！

Love,

Jeffrey

你想象过把什么东西吃进口里最恶心吗？ 这问题太恶心没想过？我也是这么想。但这种脑残的问题，在 WH 茶餐厅（WH Bakery & Barbecue）提问，却是再合理不过。

有好多年，WH 茶餐厅是我在圣路易斯最爱的“饭堂”。一走进餐厅，迎来的是亲切的广东话的欢迎，扑鼻而来的是令人垂涎三尺的烧腊和面包香味，一切尽皆美好。餐单上有我最喜欢的港式客饭（盖饭），又便宜又好吃：5.99 美元的烧肉豆腐饭，大块的烧肉和豆腐加上香葱大火快炒，浇在热腾腾的香米饭上，诱人不已；滑蛋虾仁饭慷慨地用大量小指头大小的虾仁在蛋浆中猛火快炒后撒上葱花，黄黄的鸡蛋、绿绿的葱花、红红的虾仁，加上黑黑的还没去掉的虾肠子，色彩斑驳，令人心情复杂；最极品的“餐餐欢乐饭”，各种不同的肉片加上菠萝和杂菜炒成一大盘的客饭，是美式中餐炒杂碎（Chopsuey）登峰造极之作，也是我一位朋友“马圣人”（Saint Ma）的最爱。

其他食物中，牛肉粥口感细滑、味道纯朴，滑牛肉片不用咀嚼便顺着热腾腾的香米粥滑下食道，是我的 comfort food（心情不好需要安慰时的选择）；星州炒米用咖喱粉干炒鲜虾、洋葱和米粉，满满吃一口，微辣的咖喱加上香脆的虾仁，分外令人满足。三宝饭你可以随便在餐厅多种烧腊卤味（烧鸭、酱油鸡、叉烧、烧肉、琵琶鸭、卤鸡肝等）中任意挑选三样，也可以任性地升级成四宝饭、五宝饭，好心的老板娘不另收费。WH 茶餐厅也卖新鲜中式面包糕点，质量和价钱都很能令人接受。

如果不是因为那两件事，我可能现在还是不到两三天就往 WH 跑一次。

第一次，我和友人各点了一碗云吞面。吃到一半，我夹出来一根弯弯粗粗、色泽油亮的体毛。多年的医科寒窗苦读终于大派用场：我一眼断定这可能是一根耻毛。问题来了：耻毛是怎么跑进云吞面里的呢？这问题直到我把整碗面吃光，还是想不出个所以然。

第二次，友人 Susan 买了只烧鸭打包回家，准备大快朵颐。在微波炉中加热时，数十只在烧鸭里好梦正酣的蛆（苍蝇幼虫）被唤醒了，一齐爬出来，蔚为奇观。要知道烧鸭能生出苍蝇来，可不是件容易的事。

这些经历，在我脑里植了根：好长一段时间，我不愿再回到 WH 去。慢慢地，WH 的各种好处，一点点地把我唤回来，但每一次夹菜放进口之前，还是有那么一点点怀疑，到底除了我所点的菜，我还把什么东西吃进了肚子里。

前几天，和郭主编聊天，聊到两人之间的信任。信任一旦破裂，非得花上十倍，甚或百倍以上的精力和时间去弥补创伤，也未必能挽回失去了的平安和信任。由相知到相交，否定到肯定，我很感恩郭主编和我一步一步建立的平安、信任和默契。将来某一天，无论为了什么原因，或一时的方便，或一时的诱惑，当我冲动想要欺瞒和背叛她的信任时（反之亦然），希望 WH 的经历能成为提醒和借鉴：不要随便把耻毛给不相干的人看。

WH Bakery & Barbecue（WH 茶餐厅）
地址： 3175 S Grand Blvd, St. Louis, MO
电话： + 1 314-773-8318

Dear J,

文字很好，我不擅改了。有些形容词和动词用得很“铿锵”——所谓铿锵，就是看了这些字眼我就很饿，饿得我活蹦乱跳的那种感受。

看到你的文字总是很开心，有时忍不住，就算马上要开车也要打开一口气读完再出发才安心；有时自制力好一点，能够留它在邮箱静静躺一会儿再打开，好像吃完前菜留下刀叉的那种感觉——有所期待。

这篇文字谈不上低俗，如果说低俗，那是生活本身：里面写的事又不是你编造的，虽然真的蛮恶心，但是这就是真实啊！还好去这家餐厅的两次都没人问我意见，如果早知道这些故事我都不知道还想不想去。学养深厚、阅历丰富才一眼看得出事物的本质，还能处变不惊吃完都没反应就更厉害了，Boss果然了不起！

被你讲多了，好几个故事交织在一起在我脑海中盘旋不去，我看世界的角度都不一样了。……

信任其实就是信心。不仅仅是对对方的信心，也是对自己的信心和对两个人关系的信心。如果有信心，就会有信任。

《格林童话》里有个老头子用一头牛换了一只鹅，别人都说“你老婆要骂你！”，结果老太太说“老头子做事总不会错”。然后老头子用一只鹅换了一根针，老太太还是用拥抱和丰盛的晚餐迎接他回家，因为“老头子做事总不会错”！最后是圆满的结局，老头子用这根针阴差阳错换了一座房子，果然印证了老太太的话“老头子做事总不会错”。故事从头到尾老头子都没解释过自己的行为动机，老太太从头到尾都对他的决定有信心——信心就是信任，老太太根本不担心破产（或者老太太有觉得破产也不可怕的信心），也不需要老头子解释。

小时候觉得这个故事很夸张，最近听你讲你的公公婆婆，不知为什么又想起来这个故事。你婆婆对你公公大概就是这样的有信心吧！在我的猜想里，你公公豪侠仗义的一面一半是天性，一半也是给你婆婆崇拜出来的。换个角度想：不需要解释行为动机的信心在这个世界上多么宝贵，如果遇到了，这样的关系怎么会让人没信心？

开始词不达意了，不过我知道你看得懂。这也是我没来由的信心。

先写到这里，晚安，亲爱的老板。

眉扬

第十六章

印度之家：在咖喱中间找平衡

认识我的朋友，知道我喜欢追逐复杂的重口味（笑话也是）。没有什么美食，比咖喱更加百味纷陈。我有多喜欢咖喱？吃腻了家里的菜时，我会拿出咖喱酱包来炒各样的材料：咖喱牛筋、咖喱杂菜、咖喱鸡蛋花、咖喱水饺、咖喱汤丸、咖喱酱苹果派。对比之下，在我家旁边的印度之家（House of India），他们做的咖喱料理就正常合理得多。

印度之家的商务自助午餐，工作日每位 7.99 美元，有十二三种菜式可选择。虽然它是我这辈子见过选项最少的自助餐，但麻雀

亲，

第十六篇又是语带双关，寓意我们现实生活的一篇，今天晚上刚讨论的话题，阴差阳错竟就被加入了第十六篇里，是我一开始写时没有想到的。原本的题目是“印度之家：只值得中午吃的超值料理”。修改之后，少了黑色幽默，多了一些文绉绉的味道。

说到语带双关，让我想起“笑傲江湖”中，令狐冲和岳灵珊在玉岳派掌门比剑时使的“冲灵剑法”。

“只见他二人在半空中轻身飘开，俱是嘴角含笑，姿态神情，便似裹在一团和煦的春风之中。两人挺剑再上，随即又斗在一起。二人在华山创制这套剑法时，师兄妹间情投意合，互相依恋，因之剑招之中，也是好玩的成分多，而凶杀的意味少。此刻二人对剑，不知不觉之间，都回想到从前的情景，出剑转慢，眉梢眼角，渐渐流露出昔日青梅竹马的柔情。这与其说是‘比剑’，不如说是‘舞剑’，而‘舞剑’两字，又不如‘剑舞’之妥帖，这‘剑舞’却又不是娱宾，而是为了自娱。”

在我的构想中，写《美闻手札》，就好比“冲灵剑法”，不是娱宾，而是为了自娱。即使将来有多少读者，这些文字，如能有日把我们牵在一起，余愿足矣。

剩下要决定的，是到底我和你谁去当令狐冲，而谁是岳灵珊呢？

Love,

Jeffrey

虽小，五脏俱全，每一道菜式都做得有门有道，耐吃度 100 分。自助午餐的前菜只提供色拉（Kachoombar salad），用切成粒的番茄、黄瓜、灯笼椒和红葱组成，简单的材料搭配，但浇上自家特制的色拉酱（用剁碎的姜、薄荷、青柠檬汁、芫荽做成）后，口味高雅而清爽，给人意外的惊喜。绿绿的色拉酱汁有点像日式芥末般微呛，但薄荷的辛辣并不像日式芥末般催泪，只会催促胃酸。

胃开了，就得吃咖喱。印度之家的咖喱主要用孜然（cumin）、芫荽、丁香（cloves）、黑豆蔻（black cardamom）、绿豆蔻（green cardamom）、月桂叶（bay leaves）、姜黄（turmeric）、酸角（tamarind）、茴香籽（fennel seeds）、芥菜籽（mustard seeds）、辛辣香料粉（garam marsala powder，多种香料混合而成）、红辣椒（red chili）、葫芦巴干叶

(dried fenugreek leaves)等十数种香料制作，味道正宗，平衡、醇厚而不腻。蛋白质只提供鸡肉和豆腐，大概因为美国的鸡肉和豆腐比其他蛋白质便宜得多。印度咖喱烤鸡(Chicken

Tikka Masala)是用鸡胸肉在黄忌廉咖喱酱(creamy curry sauce)中烹煮后做成的，奶油味浓，香郁滑溜。我一般会把咖喱鸡浇在印度香米(basmati rice)上，自制成印度式客饭。香料窑烤鸡(Chicken Tandori)的传统做法是整只鸡在瓦窑里熏烤，从而把表面做得微焦带酥。自助餐嘛，将就一下，煮法从简，但一口咬下去依然肉汁饱满，烟熏味浓郁，是高水平之作。甜点只有一种，叫作乳粥(Kheer)，是用印度香米、牛奶炖煮后冰镇的甜汤，在表面

撒上开心果碎，佐以哈密瓜块，是简单一顿午饭的甜美收尾。

我喜欢每一两星期就到印度之家吃一次自助午餐止馋。一直以来，每次我都匆匆地来，花个十分钟把饭吃完，付账后匆匆地离去，“不带走一片云彩”。直到最近，好客热情的侍应 Vineet（维尼特）终于注意到了我微弱的存在。混熟了，每次来到，Vineet 总给我端上一杯免费杧果特饮，胡扯瞎聊一顿方休。老实说，热情客气的服务反让我感觉不自在，反而越来越不好意思光顾印度之家了。

人与人之间的互动，经常有那么一种莫名其妙的平衡。太冷漠，会让人觉得你高傲；太热情，又做不到，就算做得到，也可能给别人压力，又或令人感觉造作失真。在职场里，生活中，拿捏人际关系，甚至比工作上恪尽本分更难。一份好的咖喱，糅合了十多种香料后，能带出恰到好处的平衡：甜与辣之间的平衡，香浓与油腻之间的平衡，酥脆与嫩滑之间的平衡，香味与香味之间的平衡。复杂而平衡的味道，在于每份原材料都下得不温不火：正如咖喱的味道不能只是一味孜然，人与人之间的互动，若能中庸地看待，不一味地急进，不一味地腼腆，积极参与，持之以恒，假以时日，总能熬出美好结实的感觉来。

House of India（**印度之家**）

地址：8501 Delmar Blvd, St. Louis, MO 63124

电话：+1 314-567-6850

第十七章

假的芝士真不了：“一摸便杀”比萨连锁店

Dear 眉扬，

久违了的《美闻手札》重新开动！

很期待听你的意见！这些日子里，生活里见面多了，不知道文字里的我们，有没有反而生疏了？

Jeffrey

小时候，从超级市场买回来一小包一小包的零食，其中一款叫斋烧鹅。那时的我，边吮着手指边吃，脑里总是充满不大不小的疑惑：到底斋烧鹅是不是烧鹅？为什么吃起来跟真的烧鹅这么不一样，但甜甜的、咸咸的、脆脆的，一点也不亚于真的烧鹅？（那时年纪小，不管什么东西，甜就好。）“一摸便杀”比萨店（Imo’s Pizza）的比萨（意式薄饼）也曾经让我有类似的迷思。

“一摸便杀”是圣路易斯的一家老字号比萨连锁店，与我们熟悉的必胜客（Pizza Hut）、

达美乐比萨（Domino's Pizza）、"棒！约翰"比萨（Papa John's Pizza）等大型比萨连锁店在圣路易斯分庭抗礼，争一日的长短。"一摸便杀"主打薄底比萨（thin crust pizza），馅料多，底皮薄，啖即有肉，每一口都是浓浓的滋味，一顿饭吃下来钠离子严重超标。因为皮薄，一个 14 吋 * 大饼能一个人轻松吃完而不留痕迹，是第一世界发达国家吃的奢侈比萨（不像发展中国家的比萨，用厚厚的批皮撑死你）。比萨饼切成方格形，这一招是圣路易斯 1904 年举办世界博览会时首创的风格。比萨的配料大多是一般别的比萨店也有的选项，值得一提的是盐渍凤尾鱼(anchovy）和加拿大烟肉（Canadian bacon）。盐渍凤尾鱼海鲜味浓郁，一口咬下去，鱼脂和咸香在口腔内爆发，和微甜的比萨饼搭配堪称绝妙。加拿大烟肉是一种没有经过风干或烟熏的猪里脊肉，口味比一般的烟肉淡，但一大片一大片的厚切肉盖在比萨上，口感充实，也非常经济划算。

除了比萨，"一摸便杀"也卖其他的意式美食。烤意大利饺（toasted ravioli）是一种圣路易斯原创的意式面食"新煮意"。传统的意大利饺是沸水煮熟后调匀酱汁用刀叉吃；toasted ravioli 直接跳过水煮的步骤，用烤箱把意大利饺烤至金黄色，带松脆的口感，吃时撒上帕马森芝士粉（grated parmesan cheese），搭配意式番茄蘸酱（marinara dipping sauce）。优点是省却了使用刀叉的麻烦，更像是一道零食，而非正餐的一部分。"一摸便杀"也卖各式意大利粉面，其中我最喜欢的是芝士焗意大利斜切短通心粉（baked mostaccioli with cheese sauce）。热腾腾的通心粉中心满盛浓浓的白汁和碎肉末，如果再撒上意大利干辣椒籽，口味更佳。

讲了这么多，"一摸便杀"的必杀技，其实是他们用的芝士："一摸便杀"用的竟

* 编者注：吋即英寸，非法定计量单位，1 英寸约合 2.54 厘米。

然不是真正的芝士！而是一种叫作 Provel 的类芝士加工产品（processed cheese）。传说中，二战期间，因为冷藏资源有限，不需要冷藏库存的 Provel 应运而生。Provel 是经过加工的 Cheddar（切达干酪）、Swiss（瑞士干酪）和 Provolone（菠萝伏洛干酪）等芝士的混合体，熔点低，加在比萨坯上，滑溜之余充满质感；它结合了 Cheddar 的咸香，以及 Provolone 和 Swiss 的奶油口感。不同于一般芝士，Provel 不用费劲就能咬断，所以特别适合加在比萨坯上，但必须趁热吃，否则冷却了会有一点像在吃凝固了的咸牛油。

Provel 不是所有人都自然地爱吃。它是一种后天培养的口味，好比腐乳、臭豆腐、蓝芝士、纳豆等，很多人第一次吃不怎么喜欢，随着岁月的推移，慢慢就上瘾了，渐渐成为令生活美好的一部分。不喜欢的人避而远之，喜欢的人趋之若鹜。大概也因为如此，“一摸便杀”靠着 Provel 芝士能在圣路易斯屹立多年，却总不能突破中西部发展到美国各地。

我在大学和医学院的几年间，几乎隔天就会来到一家在大学城附近，装有卫星电视的“一摸便杀”比萨店里，一坐便三四小时，一边学习，一边看电视上的体育直播频道，一边吃一人份的薄坯比萨；渐渐地，用时间，爱上了“一摸便杀”比萨和它的 Provel 芝士。一般，美味的菜式能够在味道上俘虏食客们的胃。但一种特别的食材，一份难忘的菜谱，一家暖心的餐厅，往往不单在味道上，更是在情感上，日积月累，让食客认同了它。这些餐厅，这些食物，俨然成为人生不同阶段美好回忆的脚注。对我来说，“一摸便杀”比萨和它的 Provel 芝士，有这样的一种魔力。在将来我不再在圣路易斯定居的时候，我相信，“一摸便杀”比萨和 Provel 芝士的滋味，能够把我青春时在这地方生活的各种幸福点滴，重新唤醒。

Imo's Pizza（“一摸便杀”比萨店）
网址：www.imospizza.com

Hello Jeffrey!

哈哈，想必你刚收到我新电脑发出的第一封邮件！

总的来说我很喜欢吃比萨，这种口味是在纽约养成的。跟喜欢吃五毛钱一袋的薯片，一买就是三四袋各种口味的那种习惯大概同一个时期形成。

在纽约住的时候，楼下有家墨西哥人开的比萨店，别提多破了，门口还常常有流浪汉。

有次和朋友约在那儿见面，碰到一群学金融的同学，大家拿着一块半的比萨和七毛五的汽水闲聊：聊为什么来到纽约，聊金融精英的起薪应该是多少，聊如何征服世界，以及如何约会到漂在纽约的性感模特——这是他们要征服的世界的一个重要组成部分。正是恰同学少年，挥斥方遒。

一晃也是快三年过去了。当初本来就不怎么熟的那群人现在当然几乎完全消失在我的生活里了。一个被女友逼婚生子，偶然在地铁里见过他一次，推着孩子。一个是韩国人，不知怎么他还在我的“脸书”上，不时知道他去了哪里滑雪，去了哪里BBQ（户外烧烤），可其实如果真在街上遇到应该是完全认不出来了。还有一个香港男孩Kevin（凯文），他的名字倒是一直记得，因为他那时是我一个女生朋友的男朋友，那个女生那段时间不停地跟我念叨他，说“我好爱他，我离不开他”，“我不能吃了，Kevin已经嫌我腿粗了”。印象里他们几个月之后就分手了。现在，那Kevin不知何处去，女孩子也没了联系，应该是回了北京，然而“只在此山中，云深不知处”。

想想有点感慨，就像歌里唱的“我们就这样，各自奔天涯”。

虽然跟这群人从来没有特别亲密，然而那段生活的记忆碎片还留着，成为我人生的一部分，成为我每次看到简陋便宜的比萨店都会想到的场景。像部电影，然而是非常生活化的电影，比如《饮食男女》或者《重庆森林》。

“一摸便杀”比萨其实没有什么十分特别的（当然薄底比萨确实好吃，而且经你提点我才知道原来薄底比萨是本地首创），然而因为你青春岁月的一部分，无惊无险的一部分发生在那里，也就成了熟悉亲切的一个招牌。生活本身就是这样吧，潜移默化地影响，慢慢地渗透。

显然，此间还没有人发明出一种食物能让你不要离开，然而，你也已经永远不可能彻底离开了——圣路易斯的生活给你的影响和烙印一定会伴着你，无论你在哪儿。

你说薄底比萨是发达国家的发明。隔壁的伊利诺伊州（Illinois）那么穷，怪不得芝加哥发明了着名的厚底比萨——确实如你所说，这作风大有用碳水化合物撑死食客的风范，哈哈。

夜深了，还没洗澡呢，我不能再写下去了。

请保重，希望你明早康复，不要真的感冒了。

眉扬

第十八章

令人崩溃的瑞士火锅：The Melting Pot

在美国，有一家“高端”的瑞士式火锅连锁餐厅，名叫 The Melting Pot（“大熔炉”），店名一语双关，既是指芝士等在热锅里“吱吱吱”地熔化，亦指白花花的钞票在一顿饭的时间里“cha-ching cha-ching”* 地花掉。我在 The Melting Pot, 也曾经有过两次崩溃（melt down）的不正常经历。

那是我念医学院一年级时的夏天。一伙朋友，在 WH 茶餐厅晚饭毕，想要些甜食。The Melting Pot 的正餐贵得吓人，但甜品价格还算可以，于是我们兴冲冲地来到离学校不远，位于 Delmar Loop 的分

* 编者注：拟声词，指收银机收钱的声音。

店，六个人分吃一个巧克力火锅。The Melting Pot 有多种不同口味的巧克力火锅：奶油巧克力、黑巧克力、阴阳调和巧克力（yin and yang）、烈焰巧克力（flaming turtle）、烧烤棉花糖（S'mores）等等。你可以用长长的瑞士火锅

专用叉子，叉起不同的水果或甜点，如草莓、香蕉、菠萝、布朗尼、芝士蛋糕、甜米酥（rice crispies），蘸上锅中烧熔了的各式热巧克力食用。如果不够过瘾，吃到最后，我会建议问侍应要几只小茶匙，舀起热巧克力直接喝；香滑浓郁的热巧克力流入食道，直落丹田，散之百骸，人生一乐也。

当晚，吃得高兴之际，其中一位友人忽然神经脱线，一边大喊大叫，一边冲出餐厅跑上马路，还把钱包里的钱拿出来到处分派给路人。我一边追着他跑，一边叫另一个朋友帮忙报警。当我在街角把朋友逮住的同时，警察们也到了。长话短说，故事以我和友人双双被不知情的警察用锁铐锁住，载到附近的精神病院检查告一段落。

朋友后来给诊断出躁狂抑郁性精神病，治疗以后，现已完全康复。我呢，后来有幸回到那所精神病院实习了一个月，大开眼界，惊然发现原来朋友这种情况只是小事一桩。

正所谓在哪儿跌倒，就在哪儿爬起来。（或者干脆在哪儿摔倒，就在哪儿躺着？）那一次事件的不久之后，我又来到 The Melting Pot。这次，我们一行三人叫了个一条龙全体验套餐。由前菜芝士火锅，到色拉，到主菜肉食火锅，到甜品巧克力火锅，一次过瘾吃个爽。

前菜的芝士火锅是把蔬菜、苹果、面包等蘸上锅中煮熔了的芝士食用。芝士火锅可以选择传统的瑞士芝士，或是加了白酒和梨子的混合芝士（gruyere, raclette and fontina），又或是加了培根和威士忌的 Cheddar 芝士，共有六种不同口味可选择。我偏爱加了白酒和梨子的混合芝士火锅：糅合了多层味道，加上白酒的微苦和梨子的清甜，让芝士火锅不那么容易吃腻。

噢，有一点很重要：芝士火锅吃到最后，贴在锅底烧得微焦的一层芝士是这道菜的精华，千万不要浪费。轻轻把它刮下来，这层叫作芝士脆的极品美味，有一种饼干的酥脆口感，又有丰厚的油脂、浓郁的肉味和饱满质感。

第二道菜色拉的质量一般，和别处吃到的大同小异，可选择田园色拉、西泽色拉，或是加州色拉。特别之处在于他们独家的蒜味白酒精华调味粉（garlic and wine seasoning）。带柠檬酸的蒜香粉末撒在色拉上，能令平平无奇的杂菜色拉味道“焕然一新”。

第三道菜是主菜肉食火锅。多种的肉类、水产和鲜蔬拼盘，下在火锅里煮熟，进食前蘸上调味酱，如芥末、咖喱、姜梅、蒜泥牛油、蛋黄酱等。火锅的“汤底”有好几种：由类似中式的清汤火锅（court bouillon），到红酒“汤底”（coq au vin），到美国南部新奥尔良风WH料汤（Cajun，香辣口味）和油炸火锅（Bourguignonne），各有各的特色。因为所有汤底价钱相若，所以我偏向点 coq au vin，无论如何先赚它一壶红酒再说。该抠门的时候抠门，该“高雅”的时候“高雅”，这是原则问题，一点也不能含糊。红酒火锅的汤底带微酸，不苦，酒精很快就在加热的过程中挥发掉，半点也不呛口。在红酒汤里煮熟的食物全都染上红色，有点像小时候生日吃的红鸡蛋，煞是有趣。饱吸红酒热汤汁的新鲜蘑菇、西兰花和西葫芦，再蘸上蒜泥牛油，滋味叫人直呼满足。

这么一流的食物、格局和情调，应该是很满足的一餐吧？问题是，这一顿饭，乳臭未干、不知天高地厚的我，把当时的女友和前女友约在一起。一桌子的菜，加上彼此不认识的她俩，和傻乎乎的我。别扭的互动，再好的食物和餐厅氛围也给扼杀了。2 投 0 中（0 for 2），第二次 The Melting Pot 挑战还是以失败告终。我忘记了饭后当时的女友有没有给我训话或是劝导一番，但在 The Melting Pot 我已经又上了人生的宝贵一课。

The Melting Pot 的故事还没有写完。下星期，我要把郭主编带去大快朵颐。带着“马革裹尸”的心情，或许可以置之死地而后生？且看有没有更多的精彩发生！

The Melting Pot（“大熔炉”瑞士火锅）
网址：www.meltingpot.com
地址：6683 Delmar Blvd, University City, MO 63130
电话：+1 314-725-4141

哇哈哈，不得了，刘大作家写作状态重回巅峰：这一篇堪称佳作，再看一遍，依然捧腹，滋味无穷。

第一个故事听你讲过，还没机会细问，检查的过程到底如何？如何自证精神正常，想来还拥有一个心理学学位的你，别有心得？

第二个故事，让人不禁想八卦火力全开，直接启动台湾综艺节目模式。“乳臭未干”和“不知天高地厚”两个评语，当时的你还真是当之无愧。

想想你的如履薄冰的一餐饭竟然还记得食物滋味，也是吃货中不可多得的可造之才。

其实，自从听你讲过第一个故事，那个故事在我脑海里就特别有画面感。我想是因为这个故事特别有代表性。

我所认识的你在朋友中就是这样一个人：救火队员，眼疾手快，行事果断，是解决问题的专家。想想你一边疾跑追上去照顾朋友，一边叫另一个朋友 Eling（伊灵）报警，最后和朋友双双进了精神病院的窘态，好笑之余又很感动。

和这个印象一致的是你的手：你的手很大，而且和你的唇红齿白不协调的是它的粗糙，骨头很硬，我每次看到都不禁感慨“真是劳动人民的双手”。

但是这双手非常稳健，手腕灵活，能够飞快地打字写病历，能够拥抱脆弱的病人，给他们安慰，能自信地挥出球棒，也能做出独一份的“刘氏榴莲炒饭”。

被你的手拉着走路，有时你太用力，我觉得手心简直要着火了，然而，也非常非常非常让人安心。

祝你有愉快顺利的新的一周！

眉扬

第十九章

家庭的味道：甜西红柿里的追逐

亲，

哈哈，第二十篇里你又出现了，而且戏份越来越重！

写完这篇，心里有些患得患失：到底你（读者）会喜欢吗？这感觉，跟写医院饭堂那一篇很相似。

我想是件好事吧？

Jeffrey

不要以为饮汤不会肥。我就是饮汤饮肥的。（见附图）罪魁祸首之一，是甜西红柿（Sweet Tomatoes）餐厅。

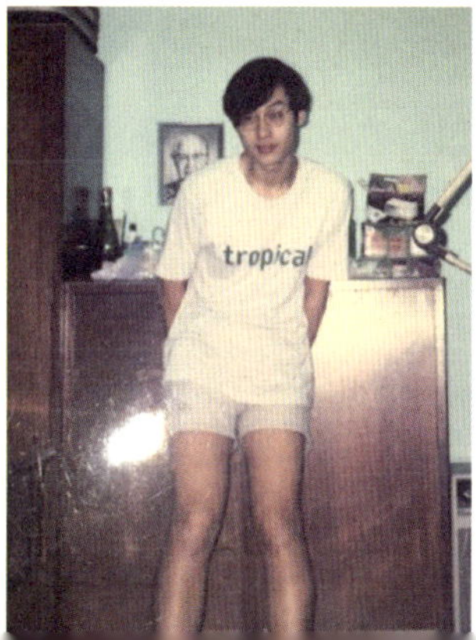

甜西红柿是一家标榜健康的自助餐厅。餐厅的价格定位在中午饭 8.50 美元，晚饭 10.50 美元左右，还经常有折扣券，加上熊孩子免费，是适合一家大小阖府统请的邻居餐厅

（neighborhood restaurant，泛指在小区里很亲切又收费合理，能常常光顾的餐厅）。

店内的食物选择繁多。自助色拉吧有各式的鲜蔬（真的很新鲜），包括不常见的红甜瓜（beet）、鹰嘴豆（chickpea）等等。当然少不了餐厅的名副其实小甜西红柿，一颗颗葡萄大小的甜西红柿汁液饱满，多拿几个，吃的时候一咬下去可以把汁液喷到对面人的脸上，坐对面的两人兴之所至可以彼此嬉戏一番。色拉搭配二十多种不同的色拉酱汁，想健康的，也可以只加陈年葡萄醋（balsamic vinegar）和超级处女橄榄油（extra virgin olive oil, 或译作特级初榨橄榄油），任君选择。我最喜欢的是他们提供的撒在色拉上的醒目配料——葡萄干、炸面酥碎、帕马森芝士粉、向日葵籽、红莓干、迷你小金鱼芝士脆饼干等等，令色拉吃起来又有口感又有滋味，十分快乐。

汤品是甜西红柿引以为自豪的一项，每天都会从十多种不同口味中挑选八款供应。他们提供的 cream of xxx 系列都很有滋味：蘑菇忌廉汤（cream of mushroom）、奶油番茄汤（cream of tomato）、奶油西兰花汤（cream of broccoli）等等，尽皆上菜。在蘑菇忌廉汤上撒点碎葱花，其美味令人可以连饮三大碗。

清鸡汤是甜西红柿的固定“例汤”，也是我的最爱。清鸡汤的鸡味浓郁，

如果把汤里面的面条去掉，多饮也不用太担心长胖。

甜西红柿也有各式的糕点和面食，但质量一般，主要是用以佐配色拉和汤。焗薯（baked whole potato）则是一大亮点。在热乎乎的焗薯上大量撒上葱花、牛油、酸奶油、萨尔萨酱（salsa）、烟肉碎，大啖之下倍感满足。这也是整个餐厅难得有肉食的少数食物之一。

难得有肉食？没错，甜西红柿虽然不是斋菜馆，但大概为了节省成本，肉少得可怜。色拉吧，没有肉，糕点和面食也都是斋的。要吃肉，得从清鸡汤中挑出鸡肉来，或是从自助焗薯吧拿烟肉碎，再把肉碎掺进别的菜里，聊以充数。

人真的很奇怪：当食物在“质”上满足不了我，我就会在“量”上寻求补足。对于我这个“食肉兽”而言，甜西红柿的肉太少，难以满足胃口，我就在吃的量上寻找平衡，多喝几碗忌廉汤“补码”。日子有功，久而久之，胃口撑大了，腰围也撑大了，脸圆嘟嘟的，和气生财。

尽管甜西红柿这么“十恶不赦”，但还是有令我不停回去光顾的理由：那是因为我在圣路易斯的“家人”。

2009 年，好友 Robert（罗伯特）和 Avis（阿维斯）让我成了他们刚刚出生的儿子的“契爷”（干爸爸）。每当我们想要在外面吃饭，抓破头也想不到有哪一家价钱合理，又欢迎儿童的餐厅，甜西红柿顺理成章地成为我们的聚脚处。Robert 和 Avis 拿着一家人用的折扣券，一行人堂而皇之地直迈自助热汤吧。饭毕，干儿子小晞晞和干女儿晔晔拉着我在餐厅里到处追逐嬉戏，不但没有不耐烦和投诉的顾客，更多的是笑眼旁观，引以为家常乐。

我感激 Robert 和 Avis 夫妇，让我在圣路易斯这个举目无亲的地方，找到了家的温暖。而初为“契爷”的我，倾囊相授我所知的一切人生大道理：

——在晞晞一岁生日的那天，我送了半打亲笔签名的精致儿童内裤，因为我相信总有一天

我的签名会达到一定的价值。结果托儿所老师无意间见到后打电话问这到底是怎么一回事。

——在晞晞三岁的时候，我教晓了他男女的分别，而男生要有勇于承担的风骨。自此，满有男儿气的晞晞，拒绝跟妈妈进女厕。

——在晞晞四岁的时候，我教他陪我做极限健身训练操 p90x，因为健美的臀部必须从小建立。

——在晞晞五岁的时候，我亲身示范教他何谓“港女自拍十式”，并循循善诱，自拍必须从上往下照才显得娇美。

当然，不全部都是搞怪。2012 年我本来要举行的婚礼，请了晞晞当花童。兴奋的晞晞，不停地在家练习捧戒指、递戒指等动作。

婚礼取消后，失望的晞晞跑来抱着我安慰：“契爷唔好伤心（干爹别伤心）。”

在不知道什么叫疲倦的小孩子身上，我找到了动力。

而快乐的童音，家常的味道，轻松的晚饭，这也是我对下一次去甜西红柿聚餐的满满的期待。

Sweet Tomatoes（甜西红柿）
网址：www.souplantation.com
地址：10401 Olive Blvd, Creve Coeur, MO 63141
电话：+1 314-872-9181

第二十章

加油站的热狗比较了解我：Busch棒球场援助消费

你猜，热狗这种食物到底是从哪里兴起的？

如果你猜“难道又是圣路易斯”，你答对了。话说19世纪末，德国移民在美国街头贩卖法兰克福肉肠作街头小食。因为徒手拿着一条热腾腾的大肉肠进食殊属不便，当时的小贩有提供手套给食客，免得烫伤手。但久而久之，安全手套都给顾客顺手牵羊拿走了。因此，坐拥大肉肠而无手套可用的圣路易斯肉肠贩子安托万（Antoine Feuchtwanger）想出了用面包夹住香肠的新吃法。

这说法的准确性有多少，不得而知。但热狗在美国大行其道，大概和20世纪初棒球运动的日益普及化不无关系。

一般美国人提起热狗，经常会联想到棒球比赛。把热狗和棒球运动扯上关系的“始作俑者”，据说是圣路易斯布朗（St. Louis Browns）棒球队的老板克里斯（Chris Von der Ahe）。时至今日，去棒球场，如果不到球场小卖部在热狗上消费一下，总会有点如入宝山空手而回的戚戚然。就好像去戏院不买爆米花，去鼎泰丰不点小笼包，去阿拉斯加见不到因纽特人，有点欠缺完满的遗憾。

为什么热狗这么草根的食物，能令人如此着迷呢？以我的看法，热狗轻松地把甜、咸和油脂感巧妙地糅合在一起：一口咬下，松软微甜的面包，夹带满溢咸香肉汁的热狗肠，是又简单又令人无比满足的搭配。而闻名北美的圣路易斯布施（Busch）棒球场卖的热狗，除了一般的美式热狗，还有其他如特大热狗（jumbo dog）、德国式煎肠热狗（bratwurst）、波兰热狗（Polish dog），加上脆薯片和烧烤酱的圣路易斯式热狗（见下图）和犹太教圣洁热狗（kosher dog）。选择虽多，但有一共通点：

贵得很离谱！

8 美元（折合人民币约 55 元）买一只普通大热狗，圣路易斯式热狗竟然卖 11.50 美元，配 8 美元一杯的大汽水，夫妇两人带着两个小孩，一家四口一人一份，如果再加上爆米花（8 美元）或玉米花生糖（cracker jack，脆糖浆裹爆米花和花生的小食，约 4 美元一小包），一场球下来，单单在看似平民的食物上竟然可以动辄花费人民币六七百块！如果嫌有钱没地方花，你还可以买贵宾票，大约每人 100 美元，坐在贵宾厅中，在球赛进行期间，热狗、啤酒、小食随便吃喝，但第二天痛风恕不负责。

其实，加油站也卖热狗，而加油站的热狗比较了解我。

2 美元左右两份热狗，加上 70 美分一杯大汽水，算起来价钱不到棒球场热狗的十分之一！味道也是“百花齐放”，从一般的热狗肠，到辣肉肠，到芝士肠、烟肉肠等，选择视你所到的加油店而异。

因为价廉物美，每次我爸来到美国，当我们自驾车公路游时，总会在中途加油站一人买一只热狗大快朵颐。我爸特别喜欢把加油站里提供的所有配料，如番茄酱、芥末、酸瓜（relish）、碎洋葱、酸椰菜（sauerkraut）等，通通加上去。

久而久之，“和我爸公路旅途中买热狗”这习惯成了我的人生各种“必然”的一部分。

你懂的。

生活里充斥着各种的“必然”，而这些“必然”因人各异。举我为例，我觉得我父母亲必

然爱我；我踢足球必然做守门员；和老友 Edwin 看足球赛必然饮啤酒；去茶楼饮茶必然点凤爪；骑单车必然听 YouTube（视频网站）；去机场登机前必然上厕所去大号；回到澳门，必然打扰 Mario（马里奥），在他家暂住：每一样，对我而言都是既不需要道理，又理所当然的事。而和亲爱慈祥的爸爸在公路旅途上，一人一热狗，是最基本的“必然”。

用心细想，是这些“必然”，让我自在、安心地过每一天，让我在不可测的变幻世界中，找到惯性和依靠。

将来总会有一天，“和老爸在公路旅途中买热狗”这“必然”会不再是惯例。也许我搬离美国了，不再上公路自驾游；也许爸年纪大了，走不动；也许，还有更多的也许，但我不愿去想。

也许，会有这么一天，我会以新的惯性，替代那些渐渐失去的。

也许有一天，郭主编（眉扬）和我会有属于我们的家庭。我会必然地不停唠叨我们的孩子；去厕所小便后会必然地把座板顺手擦一遍；下班后必然地把穿过的脏袜子留在不同的地方，惹得眉扬生气；我会每几个星期帮汽车打蜡美容；或者养了一只狗每天晚饭对着它高谈政治。这些都可能成为将来我的新惯性，给我存在感，支持我过每一天。

但我相信，没有多少其他的惯性，能像和老爸在公路旅途上吃热狗般，带给我各种甜、酸、美味、满足，以及勾起无比的欢颜和温暖。

Busch Stadium（**布施棒球场**）
地址：8501 Delmar Blvd, St. Louis, MO 63124
电话：+1 314-567-6850

亲，

接连两篇似乎都是亲情主打。

甜西红柿一篇，我很喜欢，之前已经提过。

热狗的一篇，不知为何，我感到你的惶恐。不是因为读者的反应未知，你恐怕也不是那么在乎别人看法的人。我同意，人生最感伤的事之一就是“树欲静而风不止，子欲养而亲不待”，所以我们都要尽量让这只有一次的人生少一些追悔莫及的遗憾。

当你离开生活了十几年的圣路易斯回到亚洲，对美国的老友而言自然是离别，然而对家人来说却是团聚。

拥有必然爱你的父母是一种幸运，对父母要做你需要做的。相对而言，有些事却不见得非做不可，正如你不必有一条狗，不必非乱扔袜子。生活的选择不多，有的选的时候，好好把握。

亲爱的刘医生，不知对你有没有安慰，正如你之前告诉我的话：请你按着自己的心意，走向未知。在那里，你会找到满满的正能量。

眉扬

第二十一章

异乡里的故乡：JOO JOO 韩国餐厅

文骏兄，

附件是通篇碎碎念不知讲了些什么的一篇。先来充充数，不喜欢可以拿掉。

姑且算它是第二十又二分之一篇。

祝你好心情。

眉

初来圣路易斯是 2012 年的夏天，第二天就在希腊美食节的帐篷里吐得天翻地覆。之后很长时间我都对希腊食物敬而远之——除了超市里常见的希腊酸奶，我是没办法每天像希腊众神一样吃饭。

来之前，身为一个中国人，不得不分一部分心思给吃的。出于对这座城市的不了解，我对是否有唐人街这件事实在是缺乏信心。在 Google（谷歌）上找圣路易斯的亚洲超市，Yelp

（美食点评网站）列出的为数不多的几个选项里，留言里没有一个中国名字，让我不禁对前景惨淡有了点心理准备。

心理怎么准备，都没办法控制不听话的胃口。为了满足这个贪婪的家伙，在亚马逊（www.amazon.com）上买了十“美刀”一袋的豆豉寄到临时住所，每颗豆子几乎都是奢侈品，这已经是我能在亚马逊上找到的最接近亚洲食物的东西。每一顿都是豆豉，吃得我胃口全无，豉一般的脸色。

那真是一段难忘的时光。因为来美国的第一站是纽约，国际化到只要你愿意，就不用说英文，我其实几乎没有感觉到任何文化冲击。身处美国心脏地带的圣路易斯却是个典型的美国城市，加上没有车，不认识路，也没有任何朋友甚至背景类似的同伴，让当时已经来美国两年的我感到非常不适应。同住的房客一个是毕业于神学院的中年离异唠叨狱卒（他真的在监狱上班，每天四点起床去上班），时不时有个儿子来过周末；另一个是来自斯洛文尼亚的地产中介，曾经在法国餐馆做二掌勺；还有个非常住人口，是个据说很有钱的东欧单身老爷爷，做了一辈子股票经纪，因为不舍得买电视，经常不请自来坐在客厅里蹭电视看，顺便逗弄房东的狗。因为背景差异巨大（非常奇怪，他们全都是单身男性），虽然他们都对我很热情，我却经常在饭桌上感到不自在，找不到话题。人真是很奇怪的动物，在这种环境里，我开始每天晚上都把自己关在房间里在Youtube上听郭德纲的相声，并且断断续续看了《白崇禧回忆录》和《蒋介石日记》等等乱七八糟的书——就是为了看看中文罢了，简直恨不得出口就说文言文。对亚洲食物的相思也是与日俱增。

因为无聊，比较有耐心听东欧老爷爷讲一些陈年往事。无儿无女一生未

婚的他因此来得更勤了。一天，他说要带我去吃饭，来到一家名叫 Joo Joo 的韩国餐厅。

这餐厅简直救了我。一口辣牛肉汤下去，我简直重新找回了生活的热情。侍应里有个叫 Jenny（詹妮）的，大概四五十岁，有着典型的韩国女人的好皮肤，还有韩国女生不常有的热情性格。

聊得开心，Jenny 开始讲自己的坎坷人生：投资失败失去半辈子的积蓄，单身的她不愿向早已离家生活的子女求助，孤身一人从得克萨斯来到圣路易斯这家小餐厅重新从侍应做起。

是不是每个来到圣路易斯的亚洲人都有个故事？谈起来顿时有天涯飘零的身世之概。好在还有热气腾腾的辣豆腐锅，好在还有红得诱人的泡菜，好在还有这 20 世纪 80 年代风格十足的朴实的 Joo Joo 餐厅。其实圣路易斯是个疗伤的地方，Jenny 在这里五十岁重新出发，二战幸存的东欧老人 John（约翰）也在这里安然度世，我自己也在发现 Joo Joo 之后，终于觉得这个地方可以住下去了。

看，写了这么多，

反而对 Joo Joo 的食物质量着墨甚少。其实平心而论，圣路易斯好的韩国餐厅很多：亚洲市场（Asian Market）小菜种类多得惊人；首尔花园烤肉、蒸蛋都很出色；金芝士（Kim Cheese）是韩国菜和美国菜的混合，方便快捷，混搭风十足。然而 Joo Joo 的平凡也是它的特色。在想到周一就头痛的沮丧的周日晚上，这样简单美好、平平静静的小馆子尤其让人觉得生活是细水长流，要从细节里找乐趣的艺术。就像两个人相处，不必天天惊艳，舒服就好。

如果说中国菜是我“指腹为婚”的正牌官方对象，那韩国菜就是萍水相逢、一见钟情、心灵相通的灵魂伴侣。和中国菜口味接近，韩国菜的用料简单，风味也是返璞归真，有种干净正直的气质，而且不像中国菜那么油腻，日日吃也不用担心长胖。加上韩国餐厅附赠小菜的惯例，让时常一个人吃饭的我也可以七碟子八碗的摆谱，感觉热闹了几分。韩国菜的辣，是真诚的辣，没有那么多的复合味道，就像程咬金的三板斧，直接而利落，不懂得先礼后兵。身为餐饮界懦夫的我，几乎没在韩国菜馆里发现过不能接受的食材或者料理方式，就像真的很难对一个穿白色球鞋的阳光男孩有讨厌的感觉，日日相见也会相看两不厌。

住久了，加上博学多闻的刘医师提携指点，渐渐发现自己的孤陋寡闻，发现其实圣路易斯好的餐厅真的很多。然而朴素的 Joo Joo 还是在我的美食地图上占有一席之地，它是寒冷冬夜的一口热汤，思乡的胃的治愈道场，“人生若只如初见”的中学隔壁班班长。

Joo Joo 是我在他乡里营造给自己的故乡。身为中国人的我，觉得只要有这样一家干净舒服的韩国小餐厅，就能在这个地方生活下去了。虽然本来就是立志要写散文，现在发现写得散得没边了，那就争取做到简短隽永，于是就此打住吧。

Joo Joo 韩国餐厅
地址：12937 Olive Blvd, St. Louis, MO 63141
电话：+1 314-469-1999

第二十二章

“一粒米”的迷思：绿叶茶坊

写了这么多篇，提了我爸好几次，却一直都没写到我妈。并不是我偏心我爸，之所以会这样的主要原因是我妈对食物的味道没有什么要求。她不会因为有机会试不同的食物或餐厅而特别雀跃；对吃情有独钟、孜孜以求的我和我爸，在她口中成了“吃货”，经常被她警告不要为了吃一事无成，后悔终生。

对我亲爱的妈妈来说，食物美味与否无关紧要，重点是健康，有营养。举例说，她会为了健康要我们每天喝一大壶不掺糖的洋参水。她也会要我们每天早上喝一大杯集合胡萝卜、西芹、姜和一丁点苹果打成的，不算太难喝的鲜榨蔬果汁作早餐；她坚持认为全印度尼西亚最好吃的食物是杂菜沙律（gado-gado），而且我只见过她点完全没有放肉的那种。她会读报纸上那种警告（吓唬）读者什么什么食物对身体有害的滥文。每读一篇，我爸可以吃的选项就又少了一样。我妈也很喜欢喝广东汤，特别是名字听起来好像很健康的那些，如“养生猴头菇虫草花竹荪老火汤”“鲍鱼仔花菇北芪护肝明目健脾汤”等，都深得她的欢心。

我妈健康饮食体系里的唯一例外，是台式珍珠奶茶（波霸奶茶）。

我妈非常喜欢珍珠奶茶。以前，在印度尼西亚三宝垄市（Semarang），她住的地方一直没有卖珍珠奶茶的（近两年开始有了），所以旅行时一有机会，她总会点一杯边走边喝。当我告诉她圣路易斯有珍珠奶茶专卖店时，可想而知，我们巴巴地跑去光顾了。

绿叶茶坊（St. Louis Bubble Tea）是我在教会里认识的一位长辈朋友开的店。店开在Delmar Loop的商店街上，靠近华盛顿大学，亦毗邻多间不同国家风味的餐厅，是一个白人、黑人、华人和各种新移民都会闲步经过的好地方。除了每一两个月会有人拿着枪乱射一两下，总的来说是既繁华又有生气的小区。

想当年，在2000年绿叶茶坊开张时，我激动了好一阵子："在圣路易斯这鬼地方竟然有了珍珠奶茶店！"主打的珍珠奶茶味道香浓，甜度适中，不比我去过的任何其他珍珠奶茶店逊色。除了珍珠奶茶，也有各式冰沙（slushie）、水果奶昔（smoothie）、热饮，约一百六十种选择。饮料可随你的喜好加珍珠、布丁、果冻、蒟蒻、红豆、绿豆、爆浆珍珠等。遗憾的是，水果饮料除少数如西瓜、草莓在当季时会用新鲜的之外，其他全都是用调味粉泡制，所以我大多数时间只点质量有保证的珍珠奶茶。

绿叶茶坊也提供小食，盖饭、炒饭、简单的面等等，不算差，是那种"能吃，价钱合理，但不吃也可以"的程度。三五个朋友聚在一起，来一客盐酥鸡，一份炸豆腐，坐在店里"看人"，还是挺有乐趣的。可惜流连珍珠奶茶店的总是年轻人居多，年过三旬的我，如果坐在那儿口吮奶茶眼盯女生短裙（纯粹欣赏时装啦），多少有点失礼，甚或被冠以“色腐男”“金鱼佬”等“僭号”。所以通常我只会买杯奶茶外带一份鸡腿饭：酱油鸡腿加上卤蛋、小白菜、卤汁白饭，很有家乡风味。

2011 年，台湾发生了一宗新闻事件：一名孕妇每天喝一杯珍珠奶茶，产出的男婴“小鸡鸡”只有一粒米大。“一粒米鸡鸡”一时间传得街知巷闻，人人（咦？哪个人人？）闻虎色变，几乎到了每喝几口珍珠奶茶，就要低头查一查“鸡鸡”有没有变小的地步。

此事件后来经过调查得出结论，“一粒米鸡鸡”起因于不法商人使用工业用塑化剂 DEHP 取代奶茶里的棕榈油以降低成本。棕榈油可令奶茶看起来更稠、更有质感。DEHP 也能做出同样效果，但其雄激素拮抗性（androgen antagonism）能造成妊娠期间男胎性器官发育迟缓。

我妈不知道这宗新闻，因而无阻她的奶茶兴致。

我呢？年纪大了之后，喝珍珠奶茶更多的不是因为嘴馋，而是为了怀旧。

中学时代，台式珍珠奶茶在澳门刚刚兴起，一时风头无两，开在澳门的“台湾小泉居”成了我和同学们假日聚会的地方。书呆子的我和好朋友聪、吞皮、鲨鱼萝卜等，喜欢在电动店打足球电动，想尽办法用最少的金钱玩最久（通常是在我们其中一个快游戏结束之前让另一人立刻挑战，可以省上续机的一块钱澳门币）。游戏完了会步行到小泉居，点杯大杯的饮料，胡扯瞎

说一番，磨蹭上两三个小时方休。

人在异乡，每当我想念我妈，想念在澳门的中学同学时，我会来到圣路易斯的绿叶茶坊，点一杯珍珠奶茶，聊胜于无。

这时，仿佛会感到我妈亲切温暖的手，握着我。

也会响起吞皮熟悉的声音，在我耳边炫耀：

"'一粒米鸡鸡'的新闻有什么可怕！我的鸡鸡要是变小了，尺寸才算是刚刚好吧？"

St. Louis Bubble Tea（**绿叶茶坊**）
地址：12937 Olive Blvd, St. Louis, MO 63141
电话：+1 314-469-1999

第二十三章

在我家，节俭是一种美德：Casa Gallardo 墨西哥餐连锁店

亲，

久违了的《美闻手札》！

这次，把故事带到另一位对我很重要的人身上。

人和食物的故事，原是人和人情感故事的延续。

骏

加雅多之家（Casa Gallardo）是一所坐落于西班牙马德里市内的国家级文化遗产建筑物。在美国，“加雅多之家”这名字被借用成一家墨西哥连锁餐厅的商标，在圣路易斯地区有四家分店。在这家餐厅的相关记忆里，我保留着对过世了的祖母的一份思念。

在我家，我们孙子辈的把我们的祖母叫成“亚婆”。因为我妈从我小时候就去了印度尼西亚工作挣钱养家，把我拉扯大的责任，落在了我爸和我的亚婆的身上。亚婆的个子很小，很瘦，

但有着世界上最宽厚最祥和的笑容。亚婆的生活朴素，一份报纸，一杯咖啡，就是她一天生活的最大娱乐。虽然小时候在澳门，我家的生活并不困窘以至于左支右绌，但亚婆从不丰裕地对待她自己。有时候从超市买回来的英式奶油饼干，她会一天一小块，慢慢地分一两个星期才吃完。我怀疑我性格里不舍得乱花钱的部分，有好大一部分是跟着她耳濡目染而来的。

亚婆的厨艺出众，由简单的杂菜水果色拉，到咸牛肉马铃薯煎饼（croquette）、咕咾肉、红烧海参，到复杂的各式糕点，她的每道菜都能令人吃得舒服，回味无穷。好多个小学的暑假下午，我会搬过椅子坐在亚婆旁边，看她用烤箱一层一层地烤印度尼西亚千层糕（kueh lapis）。每烤好一层，她会用她灵巧的手在糕面上轻轻抚过，用小针把气泡捅穿，好使做成的千层糕整齐漂亮。

来到美国圣路易斯念书之后，少有机会见到亚婆。有一年，我爸和我亚婆结伴来游圣路易斯，我们总算有了一段不短的相处时间。接风的一餐，我把他们带去了加雅多之家墨西哥餐连锁店。

在美国，墨西哥餐跟中国餐一样，是比较经济、平民化的饮食。加雅多之家主打的前菜，是牛

油果色拉（guacamole）。两整颗的牛油果加上切粒的番茄、洋葱、塞拉诺青辣椒（Serrano green chilies）、芫荽、柠檬汁，在墨西哥式石臼（Molcajetes）内捣碎拌匀后，蘸玉米片（corn tortilla chips）吃。虽然 guacamole 没有另加色拉酱，但牛油果丰腴的口感和奶油一般的果香，配上青辣椒的微辛和柠檬汁的清新，能令人禁不住一口接一口地吃下去。剖开后暴露在空气中的牛油果会迅速氧化变黑，但加雅多之家的牛油果色拉即叫即做，在餐桌边为你诚意预备，绿感十足，保证新鲜，色香味俱全。

主菜当中，我的首选是菜肉卷饼拼盘（Steak and Shrimp Fajita）。一份 Fajita 餐盘上盛满烤牛肉、烤虾、嫩炒洋葱和灯笼椒，佐以黑豆、墨西哥米饭、酸忌廉、玉米糕，是一顿分量十足的盛宴。每种材料各拿一点，卷在玉米卷饼中，大啖两三口，吃完后再重复动作一次。玉米卷饼可以不停添加，让食客老餮可以自由放心地大快朵颐而不用互相推让。加雅多之家

的玉米卷饼有别于其他墨西哥餐馆，饼皮有微微一点甜，不放馅料单吃也很有滋味。如果在饼皮上涂一层随餐奉送的墨西哥萨尔萨酱，酸甜味的组合也很搭。重点是，在加雅多之家吃饭，丰俭由人，简单的一份菜肉卷饼，充分地填饱了我们祖孙

三代的胃。

甜品当中，油炸蜜糕（sopapillas）是一种墨西哥式的油炸薄面团，浇上糖粉和蜂蜜，有点像美式炸甜甜圈，但更酥脆爽口。世界上每一种文明都有自己的油炸面团点心，由美国的甜甜圈和油炸饼（funnel cake），到西班牙的“油条”（churros），法国的带馅煎饼（beignet），加拿大的油炸甜饼（beaver tails），中东的果仁蜜饼（baklava），印度的“糖耳朵”（Jalebi），到中式的牛舌酥、麻花等，手法形状、百花齐放，但口味从不令人失望。加雅多之家的sopapillas 并非特别出色，但以 2.49 美元的价钱买到那么一大块，性价比满分，物超所值。

阿婆过世前的几年，在加利福尼亚州和我的姑丈姑母住在一起。那时她的手关节炎恶化，心肺功能也大不如前，不能再亲自掌厨。习惯了凡事亲力亲为的她，很不习惯这种闲日子。每到我们这些孙子孙女们坐飞机来探望她的日子，她总会格外兴奋。她会把我们带到后花园里，看在她督导下我姑母和姑丈种的各式蔬果。她会在架上每一根黄瓜底下系一块小石子，好让长出来的瓜又长又直。每根黄瓜都编了号，每年收获后会总计，比较到底今年的收成多，还是去年多。每次探望完之后，分别时刻，阿婆会站在家门口的汽车道上，红着鼻子，挥着手说再见。而我呢？常常会在飞机滑行起飞后，打开她为我准备好的饭盒，徐徐嚼吃她当天早上鲜烤的咖喱角：酥脆外皮内包的馅，除了惹味的咖喱牛肉，还有阿婆瘦小但满溢的情感。

阿婆在 2010 年春天离世。在那之后不久，不约而同地，加雅多之家在圣路易斯的四家分店在两年内相继停业。失去了的味道，原来，并不只是阿婆亲手做的料理。

这几年，我兴致勃勃地学煮菜。虽然做出来的菜肴，好玩居多（花生酱水饺、油炸布丁等），但厨艺竟然真的有进步了。我有个愿望，将来能为我的家庭，重新制作出一些久违了的阿婆料理滋味；并在缅怀之间，传承下她那份怎么也切不断的亲情。

骏，

拖了好久，今晚一一改好，算是还了欠的“编辑债”。

关于亚婆的一篇，再看一遍，还是感动。我想真情动人，言辞倒是小事了。

眉扬

第二十四章

让你珍惜每一口的 fine dining 体验：Farmhaus

骏，

还记得周六晚上在 Creve Coeur（克雷沃克尔）算我们一起经历过的 fine dining（高级餐厅）体验吗？The Crossing（“交叉口”）竟然没有被提及，简直不可原谅！附上“Farmhaus（芬母豪斯）”一篇。Bon appetit!（祝你好胃口！）

May

在中国的时候，有机会吃到的一些很贵的餐厅，大概就是燕鲍翅之类的，贵的是排场，而不是食物。在纽约的时候，虽然去的次数寥寥可数，也偶尔光顾过一些可以掏光穷学生口袋的餐厅。米其林三星、精品菜、私房菜，好像也有过些接触，可是现在回想起来，觉得没有懂得欣赏的舌头，去也是白去。Money can’t buy taste.（钱买不来品味。）

出于对土豪一贯的“酸葡萄”心理，我对贵的餐厅嗤之以鼻：环境优雅，菜式水准 OK，价格合理的意式餐厅一般是我的西餐之选；环境摩登，食材简单时髦的美式餐厅也不错；而价格昂贵，做法繁复，讲究摆盘的fine dining在我心中就是“装”的代名词。

觉得别人装，大概是自己没到别人的境界吧，有时等你到了那个境界，才明白别人并非在装。比如音响发烧友难以忍受几十块钱的耳机的音质，在有些人眼中大概也是难以理解的。而慢慢用过一些好的设备之后，你会发现你也渐渐培养出挑剔的耳朵：所谓“由俭入奢易，由奢入俭难”。八旗子弟的谱也不是一天就养成的。

所以，我真正的fine dining的体验，其实是来自圣路易斯。入门的老师，就是博学多闻、热爱美食的刘兄文骏。

前室友有个理论，“在吃上花的钱越多，可以买的衣服就越少，身材经济都是如此，所以何必在吃上花太多心思呢？”我认为也颇有几分道理。可是天生吃货，生活的美好好大一部分来自美食，不得不吃，实在也是天生的不争气。

热量预算内的食物，当然越精致越有滋味越好，三个字——划得来。吃饭本是一件容易的事，连小婴儿都不用学，生下来就知道怎么把食物送进嘴里，本能使然也；然而要真正懂得欣赏，不至于暴殄天物，却需要天分和后天的培养。黄蓉妙手烹饪同样的“二十四桥明月夜”，洪七公吃了就要大加赞叹，傻小子郭靖嘛，所得估计不见得比烤牛羊肉多噫！牛吃牡丹花，牛不觉得多好吃，旁人却忍不住叹可惜，这是双输。名厨遇到知味的食客，是高山流水遇知音，人生快事一桩。

承蒙刘兄不弃，新年夜共赴本地餐厅 Farmhaus 吃牡丹花。

餐厅不大，位于一个平静的社区，桌子只有几张，跟四季酒店之类的餐厅装潢相比，比较朴素，价钱却并不便宜分毫。因为是新年夜，整家餐厅灯火通明，人人盛装。

新年夜，除了平时的餐单，他们还提供了特别的品尝菜单——一共五道菜的完整一套，从前菜到甜点，按照顺序，每人可以从每一个分类里选择一道菜搭配出自己的完整晚餐体验；每道菜都搭配厨师精心挑选的酒。出于我们一贯的“量少花样多”的原则（没办法，两个人都有着强烈的好奇心），我们从餐单里选择了完全不同的两个系列，这样两个人相互分享，就有机会吃到十道不同的菜。

从第一道菜开始，体验就是惊艳级别的。每一道菜，摆盘都无可挑剔。我可以试着去描述菜端上来的样子，可是更直接准确的形容应该来自照片，而不是苍白的语言。所以，还是请各位自己看插图：是不是如娇花照水，春风十里？

不仅漂亮，如果你是个权威美食杂志，比如《美食与美酒》（*food & wine*）的读者，熟知美食界最新的技巧和风尚，就会发现 Farmhaus 的厨师对一切了熟于胸，信手拈来，离最前沿不远。许多的餐具都是最近几年在欧美餐饮界正当红的风格。就像时尚界，虽然每一季的时装发布都是设计师各自探索的展示，但是每个时代都会不约而同有一个风格。比如 20 世纪 60 年代的英伦风，80 年代的迪斯科（Disco）风，前些年金融危机后大行其道至今还未退潮的极简风格。你在 SOHO 区（纽约著名的旅游购物商业区）的独立设计师店发现一些衣服竟然用了 3D 打印技术或者最尖端最新一季的剪裁技术，你就知道这个设计师的追求。

其实美食界也分很多流派。四大时装周里，伦敦的一站一向以先锋和实验性著称，很多衣服的设计已经不在意美感，仅仅追求奇怪出位，“语不惊人死不休”。美食界最近几年越炒越热的“分子料理”大概就是这个概念[怪不得英国名厨赫斯顿（Heston）是此中高手，也是英国人！]，有多好吃？不见得。奇奇怪怪让你张大嘴巴此生难忘倒是真的。（我是纸上谈兵，其实还没体验过真正的分子料理，刘先生更有发言权。）

可是圣路易斯是个保守温和的城市，这里的厨师还没有放弃厨房工作最本初的梦想——做出好吃的东西。Farmhaus 没有因为追求卖相或者仅仅玩弄概念而牺牲食物的味道，用料更是支持本地农业，全部是当季有机食材。西餐的传统主菜牛排的味道好到不行，加了松露的黄金南瓜汤从温暖身心的时令食物华丽转身变成口味复杂、层次丰富的美食，让我们大呼过瘾差点连舌头都吞下去。十道菜下去，不仅仅是数量上的满足（每道菜的分量其实都很小），我们真正感到了美食美酒带来的满足。微醺的状态下，两个人走出餐厅，在寒冷的新年夜，在大街上傻乎乎笑起来。就这样迎来了新的一年。

美食世界地图上，有些国家版图大得惊人，比如法国、日本、意大利。有个说法是“法国谜题”：法国人爱饮爱食，食不厌精，脍不厌细，可是少有胖子。看来品尝美食也是“没有光吃不胖仙风道骨的金刚钻体型，就别揽一顿午饭吃三个小时的瓷器活”。

大部分美国人五大三粗的体型实在是让人没办法将他们跟胃口挑剔的美食家联系起来。可是美国是个移民国家，学什么都快，不但各种风格都地道，还可以带来各种风格的融合；近些年媒体发达，美食界信息流畅，虽然传统印象里美国食物都比较“街头”，不登大雅之堂，汉堡啦，热狗啦，BBQ 啦，可是美国餐饮精英的水准还是很高的。这么大的国家，各个层面都有，就像你也不能只看了《小时代》《还珠格格》就以为了解了岁寒三友、梅兰竹菊的中国士大夫文化，对不对？我觉得 Farmhaus 可以是美国 fine dining 的优秀代表。

新的一年，刘先生对我的美食美酒启蒙教育还在继续。如果我们终于有一天不满足餐厅提供的酒，自己带上好几瓶去餐厅，并且详细地交代侍者哪道菜和哪种酒搭配，那将是我们美食探索之旅的里程碑事件。

Farmhaus（芬母豪斯）
地址：3257 Ivanhoe Ave, St. Louis, MO 63139
电话：+1 314-647-3800

第二十五章

令人晕眩的红酒巧克力搭配：Bissinger's巧克力专门店

前言：郭主编跟我讨论了好一阵子，Bissinger 这“bi”该怎么音译。深思熟虑后，我还是决定了用“逼”字。本文顺带表现一下这个字有多博大精深。

Oh dear,

I can only hope that you won't be too upset after reading this one…

（我只希望你看完这篇之后不会太生气……）

Love,

每当有亲友想不开，来圣路易斯探望、旅游，男的，我会带去百威啤酒厂（见前篇）；女的，我会带去 Bissinger's Chocolatier——“逼腥格”巧克力专门店。

“逼腥格”巧克力专门店是一家贵妇级的巧克力店：坐落在圣路易斯市的中西区（central west end），毗邻高档酒店“车迟公园”(Chase Park Plaza)和各式名店，连旁边的超市“死作不死”（Straubs）卖的东西的价格也贵得吓人。在这种氛围下，巧克力只宜浅嚼，不能大啖；而且相比于其他那些可以带回家慢慢享用的食物，这家的巧克力一如其名，正确食用方法是在“逼腥格”本店里大装腔调。

话说其实 Bissinger's Chocolatier 来头还真不小。这家有三百五十多年历史的老字号原是法国国王路易十四的御用巧克力工坊，曾在 18 世纪享誉欧洲。桑田“逼”海，19 世纪后搬到了美国，辗转植根于圣路易斯市。它的工场设在圣路易斯市中心，而在中西区的分店算是一间陈列室 + 餐酒吧，作推广口碑之用。“逼腥格”的营销策略有点像三角巧克力（Toblerone），虽然它基本上是圣路易斯本地货，但在美国不少的飞机场内都能见到它的踪迹。

甫走进“逼腥格”，映入眼帘的是它醒目而高雅的“金逼”招牌，扑面而来的是一阵阵浓郁的可可豆甜香。餐室装潢雅致简洁，透过落地玻璃窗可以看见餐馆前的音乐喷泉，“逼”水蓝天，以及衣着光鲜、从容不迫的遛狗贵妇。餐室占地不大，只放了十多张小餐桌，以减少“挤逼”感。

头一次来的客人，我会介绍热浓巧克力。温热的浓巧克力用 8 盎司的小茶杯盛上。巧克力奶油味浓郁，口感滑溜，虽稍稍偏甜，但对嗜甜的我而言并不过腻。倘若有人实在嫌太甜腻，可以要鲜奶油（whipped cream），把它加在热巧克力中拌匀，把甜度稍稍调低。

我去过法国巴黎的 Angelina（安吉丽娜）甜品店喝他们世界闻名的热巧克力；“逼腥格”的水平，竟然能直逼 Angelina 而不遑多让。不同之处，是 Angelina 的游客味重，人来人往略嫌“挤逼”；而“逼腥格”人流没那么多，大可写意地轻谈浅酌，因为没有游客感而让人感觉更有腔调。

有些巧克力店就只卖巧克力，酒吧就只卖酒，壁垒分明。“逼腥格”崇尚把酒和巧克力糅合在一起的艺术。每个月的其中一个星期四，“逼腥格”会举行“chocolate and wine pairing ”餐饮会。预约了的顾客付 35 美元，就可以参加含四五道菜的巧克力与酒的主题搭配晚宴。“逼腥格”的巧克力主厨大卫 · 欧文斯（David Owens）会现身说法，有问必答，介绍各种巧克力的特性，以及哪一种巧克力应当以哪一种餐酒相佐。晚宴通常第一道菜是非甜点类菜品（savory），如三明治、烟肉乳蛋饼（bacon quiche）等，让人先用咸味食物把胃填个六七分饱，才再在第二、三、四道菜送上巧克力盛宴。一般而言，淡味的白巧克力适合配果香味较突出的红酒或白酒，如雷司令（Riesling，白葡萄酒）、黑皮诺（Pinot Noir，红酒），或玫瑰酒（Rose，其实还是葡萄酒，只是颜色介于红酒和白葡萄酒之间，有如玫瑰）；而味道较浓、较苦的巧克力，如松露黑巧克力（dark chocolate truffle），则可配较厚实具橡木香的酒，如赤霞珠、鲜粉黛（Zinfandel，红酒）之类。

餐毕，我常建议亲友们买一些巧克力作手信带回去。“逼腥格”的注酒松露巧克力（wine-infused chocolate truffle）系列有多种口味独特的选择，如霞多丽焦糖口味、蜜梨陈年葡萄醋口味、海盐橄榄油口味等等，让吃厌了一般巧克力的我耳目一新。虽然即使相比于其他名牌巧克力也算得价格不菲，但卖相精美，实属送礼佳品。而且“逼腥格”的巧克力熔点不太低，有几次应友人要求，我长途跋涉把“逼腥格”巧克力带回亚洲，依然整齐无缺，完璧归赵。

有这么一次，我伙同友人 Simon（西蒙）、Susan、George（乔治）、Eling 等去“逼腥格”参加巧克力伏特加搭配晚宴。平时对我而言淡而无味的烈伏特加，配上了各式的巧克力，竟然能够在舌尖上跳起舞来。席间，啖巧克力，尝美酒，谈生活，想未来，甚欢也。连平时极少沾酒的友人 Susan 也酒到必干，言笑风生，最后“咚”的一声，晕倒在地上，为当晚谱上句号。虽然 Susan 为这晚的欢愉付出了代价：这故事被搬出来重讲再重讲了无数篇；但人只青春一次，也不必太认真计较，不是吗？

第二十六章

悠闲的日子很美：公园里的占美

2015 年 8 月底，Jeffrey 终于离开生活了快 20 年的圣路易斯飞去遥远的热带国家新加坡。而我则继续留在圣路易斯工作直到 12 月辞职。

Jeffrey 离开圣路易斯前的一个月，每天都在忙着把家具打包送人，关闭银行账户，清理公寓，翻修地板，以及翻出 20 年积攒的各种回忆。

8 月的第一个礼拜一，身为好哥们的我下班后仗义来到 Jeffrey 家帮他重新粉刷公寓的墙壁，为要搬来的租客做准备。

同一天，满身油漆的 Jeffrey 求婚成功。

而满身油漆的我，订婚成功。

香港歌手林子祥 20 世纪 80 年代（对，那是我听粤语流行曲的年代）的一首流行曲《分分钟需要你》里有这么一句：

“有了你开心 D, 乜都称心满意，咸鱼白菜也好好味；

Dear 眉扬，

久违了的手札。想不到第二十五篇到第二十六篇之间，隔了整整半个地球！

我记得即将离开圣路易斯的那一份忐忑不安。现在还是有。想想看，已是隔了大半月的事。谢谢你的支持和视频通话里的笑容。

这篇，以第一人称述说对圣路易斯的怀念。不知你感受得了不，我的那份忐忑和思念。

Jeffrey

我与你永共聚，分分钟需要你，你似是阳光空气。”

年纪大了，吃的东西多了，所谓“太阳底下无新事”，渐渐地，对食的要求有所改变：一顿饭和谁吃，在什么环境氛围下吃，比起吃什么东西有时甚至更为重要。我的写作偶像韩良露曾经这么说：“心情对时，普通酒也是佳酿；被迫应酬喝时，再高级的酒也难以下喉。”

深合我意。

圣路易斯是一个令人住得很舒服的城市。在这位于美国中西部的城里，没有香港、纽约或中国内地大城市那样必须要穿戴给别人看的压力。脱下多余的伪装，日子其实过得很率性、写意。在这亲切的城里，大部分的时间我是个学生。平时闲暇的日子里，我经常会穿着一身家居便装，坐在咖啡厅念书。念书毕，又不想直接回家，有时会想在公园里先逛两圈，呼吸一下自由自在的空气。在我旧居附近有一家协和神学

院（Concordia Seminary），院前有一大片绿茵茵的草地。草坪对面，有家雅致的咖啡馆卡迪咖啡（Kaldi's café），一家生蚝酒吧，一家看似从无人问津但仍撑得下去的糖果店，和公园里的占美（Jimmy's on the Park）餐厅。不少次，我会坐在 Kaldi's café 的室外座位，面对着草坪，边习书，边啜咖啡，悠闲地瞄看经过的男女老幼。坐久了，空气里会飘过来隔壁 Jimmy's on the Park 的食物香气。气味错综复杂，有时夹带着浓浓的戈贡佐拉芝士味道，有时却是陈年葡萄醋独特的酸果香。 作为吃货的我，总会一边吃着 Kaldi's café（是的，这才是一个穷学生的消费水平）的面包蘸素食鹰嘴豆泥酱（hummus）做午饭，一边幻想什么时候走进公园里的占美餐厅大快朵颐一下。虽然学生时代的我没有多余的钱上高级馆子，但偶尔奢侈那么一两次总是能够的。有一次，我同友人如花（Ruby）、阿爽（Azra）、清伟（Chi-wang）结伴同往。

公园里的占美是一间美国风欧陆式小餐馆（American continental bistro），有点纽约曼哈顿上西区路旁小雅座的味道，整体感觉令人舒服自在。一坐下，桌上已经摆了一大筒脆面包条（crunchy breadsticks）。面包条上沾了厚厚的一层微辣香料粉，开胃惹味之极，在等上菜的时候用来止馋，又或用来下酒尤佳。

公园里的占美的菜式偏向浓味，很多的选项都配有法式浓酱汁，并佐以烟肉、蓝芝士、陈年葡萄醋等重口味食材调味。比方说，他们的烧牛肉主菜（beef tenderloin），软脸的牛肉上厚厚地盖上焦糖洋葱，酱汁则用上了戈贡佐拉芝士酱和红酒肉浓汁（demi glaze）勾芡；再加上伴菜烟肉马铃薯面疙瘩（bacon gnocchi），整道菜是一道味觉爆炸的体验。海鲜方面，香煎带子佐以甜玉米糕、五花腩浓汁、烟熏虾肉腌酸番茄，搭配蒜泥蛋黄酱，又是另一种不同的味觉爆炸。另一道菜香煎猪柳则配上烟肉油卷心菜、香料马铃薯，再用烧鸡和小牛肉熬出来的烧汁（au jus）浇在猪柳上面，实在地让鸡、牛、猪的味道共冶一炉，共同侍候您的味蕾。

甜品的味道也是“劈头盖脸”的重口味。我喜欢的牛角面包布丁（croissant bread pudding）有别于一般的面包布丁：因为用上了牛角面包，口味更厚实丰腴，夹带着浓郁的牛油香气。面包布丁里加了红莓，微微的果酸刚好平衡了布丁和奶油安格斯酱（crème anglais）的油腻感。无比满足的一餐饭，少不了甜点配咖啡来为夜晚谱上完美的休止符。

一星期前，我毅然只身来到新加坡，开始了新的生活。还没开始上班的这几天我忙着添置家具，打点将来生活需用的一切。新加坡的快节奏，让我怀念圣路易斯的休闲安逸。在人挤人的食阁里用五分钟把圣路易斯不可能吃到的美味油鸡饭吃光，心里却少了份满足感。Ruby 刚好从香港来探访，安慰我说：“这不算挤了！在香港，你还没吃完你身旁就围了一堆人在等你的座位了！”从香港来新加坡的她，是来偷闲的。我们之后一起去了友诺士（Eunos，新加坡街区名）吃本地出名的黑椒蟹，坐在露天大排档，吹着热热的南洋季候风，在中气十足的老板娘的呼吆喝喊声中，尝试追逐新加坡式的悠闲。当然，那又是另一篇故事了。

Jimmy's on the Park（**公园里的占美**）
地址：706 De Mun Ave, Clayton, MO 63105
电话：+1 314-725-8585

Dear Jeffrey,

在你离开后，Tingting（婷婷）的感慨*让我觉得尽管目睹你离开的全过程，我还是低估了这个过程对你的难度。

我还没有在一个地方生活过这么长的时间（即使是出生长大的地方），也不知道生活里有多少故事可以发生，最后都化成枝枝蔓蔓的感情。

很高兴知道你在新加坡一切慢慢安定下来。生活会继续，美食美酒的旅程也会继续。会有新的朋友，新的体验，新的记忆被创造保存下来。

我知道你信心满满，我也对你有不盲目的信心。

眉

* 眉扬注：Jeffrey 离开圣路易斯的早上，他的车已经卖掉，因此我载他去机场。飞机起飞以后，我一个人坐在停车场里听旧 CD，感慨万千。这时贴心的 Tingting 竟然发来短信问我好不好，说 Jeffrey 在这里生活了这么久，离开很不容易，作为朋友的她也眼眶湿湿的。

第二十七章

相交的平行线：首尔花园

亲，

生日快乐！

生日礼物竟然是一篇文章（第二十七篇）？

哈哈，岂有此理！

哈哈，就是有此理！

Love,

Jeffrey

在互联网上，用“相交的平行线”为题的多媒体信息和文章着实不少。有些散文着力煽情，有些把爱因斯坦搬出来“唬烂”，或者干脆祭出新派理论来证明平行线不得不相交的宿命。请容许我也用“相交的平行线”为题来写一篇食评。

我觉得我撰文的风格，受到几位我最热爱的作家很大的影响：这当中包括已故的台湾美酒美食家（我觉得她是生活家，虽然可能她更有名的是作为占星家）韩良露，麻醉科医生、作家侯文咏，美食专栏作家蔡澜，和天马行空的小说家九把刀。和很多人一样，我认识九把刀的作品，始于他的同名小说和电影《那些年，我们一起追的女孩》。

电影里，有这么一段情节：男女主角因为各种原因，最终没能走到一起。多年后，他们在一次电话闲聊中，谈到了一直没能在一起的种种原因。惋惜之余，男主角天马行空地构想：也许在另一个平行时空（parallel universe），“我们是在一起的”。

在天文物理学中，平行时空第一次被提到是在艾弗雷特（Hugh Everett）的学术论文中。简单来说，现代量子力学发现微观粒子的运动具有不确定性和概率性，因此有了一体同时存在两种状态的可能性。美剧《生活大爆炸》（*The Big Bang Theory*）中，谢尔顿（Shelton）一再提到的“薛定谔的猫”（Schrodinger's Cat），就是这个原理下的产物。当然，平行时空主要仍是科幻故事里的点子。要幻想另外存在一个世界，有一个英姿不勃勃的 Jeffrey, 在做一些落落不大方的事，是不可能的。

绕了这么一个大圈，我是想说，在圣路易斯首尔花园，留下了眉扬和我两条并行线相交的初回忆。

那时候，我认识了一位吸引我的女生。鼓起勇气，我约了那位女生去溜冰。充满兄弟义气的眉扬，答应陪我约会前买衣服“装身”，以最好姿态“应战”。在切斯特菲尔德购物中心（Chesterfield Mall）挑完配套的衣服、手套、颈巾等，眉扬和我去了首尔花园吃晚饭。眉扬的最爱是韩食，而在圣路易斯的韩食餐厅中，我首推首尔花园。

首尔花园位于飞机场附近，离我家比较远，餐厅附近也没有什么值得逛的地方，所以每次

到首尔花园，只能是冲着它的食物专程而来。而首尔花园也从不令我失望。点菜甫毕，侍者会送上十多款免费的小碟前菜，如金渍、腌萝卜、蛋饼、酱油糖莲藕、麻油芽菜之类。要花钱点的前菜当中，我喜欢海鲜葱蛋饼。葱蛋饼煎得外脆内软；说是海鲜葱蛋饼，其实海鲜只是应付的鱿鱼馅，但软弹的鱿鱼很有嚼头，蘸上带点柚子酸味的酱汁，甚是开胃。主菜方面，一般我最常点的是海鲜嫩豆腐。海鲜嫩豆腐汤底用浓面豉熬煮，偏咸的汤汁令海鲜味道变得鲜美；热腾腾地盛上，热力能把打在上面的生鸡蛋煮熟。嫩豆腐非常嫩滑，吃起来令人很舒服。在我的料理词典里，有些食物吃了令人舒服，是正派的；有些食物吃的时候又香又酥，但过后满口油腻兼满心后悔，是反派的。广式的汤水、粥品，韩式的嫩豆腐煲等属于前者，而各种炸物、日式拉面、汉堡快餐和一些过甜的甜点等则属后者。其实说白了，是海鲜嫩豆腐热量低，多吃也无妨。

和正派的海鲜嫩豆腐相反的是首尔花园的任食韩式烧烤。用 20 美元的价钱，能够无限制地不停吃各种鸡肉、猪肉、牛肉烧烤，并送各式前菜和韩式蒸蛋、嫩豆腐等，价格合理到就算是不太能吃的女生也觉得划算。猪五花肉和牛排烧烤吃起来最香，建议用生菜夹起肉配生蒜瓣同吃，减少油腻感。牛肋骨（Kalbi）并不在任食烧烤范围内，想吃得另外交费。韩式烧酒或啤酒搭配烧烤应该很对味，但因为价钱原因我和朋友们从没有点过，宁可饭后到其中一个朋友家中畅饮。

首尔花园最大的缺点是它的任食烧烤太受欢迎了，人多，加上通风设备不完善，用餐时常常会有空气混浊和闷热的感觉；因为侍应坚持亲自替每一桌烧烤，也会遇上客人多时招呼不上的问题。

话说回来，那天晚上我和眉扬边吃边聊，大出我意料之外，聊了个不亦乐乎，意犹未尽。这顿饭，也让我有机会认识温柔善良外表底下的她，有一颗热情而豪迈的心。直到今天，我还是为了这一两年来的改变感到震撼：从帮我出战约会，到答应和我同行一辈子，眉扬和我这两条本来没有交集的并行线，竟然慢慢地重叠在一起。

来到新加坡已经一个月。走在街上，办公楼内，尽管所遇到的人都很友善，但感觉是走在一堆并行线中间，心里轻飘飘的没有支点。来到直落亚逸（Telok Ayer），见到的各式的欧陆式小馆子，是我最喜欢的格调；来到克拉码头（Clark Quay），见到不同的河畔酒吧卖精酿啤酒，有我喜欢的氛围；新认识的朋友兴高采烈地讨论短途旅行的热点，是我热衷的话题。在新加坡环球影城（Universal Studios Singapore）遇上笑不拢嘴的小黄人，在亚洲这地方重遇久别的老友；欢喜之余，淡淡的是一份若有所失：落单的平行线，同时也失去了定义它的身份标识。

这世上，有些人跟你像交叉的两条直线，擦身而过，只留下淡淡的一点痕迹；有些人和你像两根曲线，偶有相交，但没打算伸往同一方向；唯有两根重叠的并行线，即使粗细不一，颜

Seoul Garden（首尔花园）

地址：10678 St. Charles Rock Rd, St. Ann, MO 63074

电话：+1 314-429-4255

色各异，也会在同一条路上，留下共同的印记。

而在印记起始的段落，对眉扬和我而言，大概能找到一家不停喷出韩烧香味的首尔花园。

Dearest Jeffrey,

这是我收到过的最好的生日礼物，比我12岁收到的文具盒和香味花环还好。*

“要幻想另外存在一个世界，有一个英姿不勃勃的Jeffrey，在做一些落落不大方的事，是不可能的。”让我笑得停不下来。确实很难想象一个不“大家闺秀”的你，嗯。

最近我们都很忙，没有那么多时间讲电话，加上时差很难让生活同步，感觉也颇有点生活在平行宇宙的味道。昨天晚上一边刷牙一边想，你在地球的另一端干什么呢？这想法几乎整天萦绕我。可是那一刻，突然很鄙视自己——因为意识到我连刷牙都在想着你，就像愚昧的人类第一次意识到自己原来赤身裸体。

不愿意想你，因为我担心如果有一天我们彼此看烦了，像大部分平凡的情侣和夫妻，回想起现在的心情，会不会让自己尴尬。希望我们不要走上那样的路，希望我们会一直记得我们最初的认识是两个朋友的彼此欣赏，是两条平行线自愿重叠在一起。

虽然鄙视，可是我自己本来就经常给自己瞧不起啊。所以还是想你。

今天收到你的明信片，很高兴地发现自你寄出这张明信片，已经两个礼拜过去了。也就是说，离我们见面的日子，又近了两个礼拜。还记得你在机场的“讲道”，关于离别的意义：几个月的分别不足以让我们变得陌生，但足以让我们彼此变得更好。

我在努力啊。你也多保重。

眉扬

*Jeffrey 注：我还寄了其他礼物的！可以吃的花！

第二十八章

眉扬厨房

时间来到 2016 年 4 月，我已经辞去工作，搬来新加坡四个月了。慢慢两个人讲英文的口音都有些新加坡英语化。

我们也开始尽可能多地探索周围的旅行目的地，几个月之内去了马来西亚、中国、泰国、印度尼西亚等。

Jeffrey 4 月底 5 月初因为签证原因需要回美国一次，而我因为事务繁忙不能同行。

自封家庭厨神，号称除了刀工不好其他样样精通的我妈从小开始唠叨我要教我做饭，讲了很多年的原话是“找一年暑假你闲了，我好好教你几个月煮饭”。

一开始听到这话，从十岁开始就抱定不婚主义的我是下定决心要做职业女性的，对厨房当然是避之不及。

可是当年一起守独身主义的小朋友慢慢都忘了自己本来的恋爱态度，去国远亲的留学生涯也让我无可避免地开始跟厨房打起了交道。可是宁可自己摸索也不愿跟我妈请教。大概我妈的“厨房科学教学法”太吓人，她那种一板一眼几十年不变的烹饪方式又剥夺了我在厨房创造的乐趣，让我不敢请教。更重要的，我妈做饭犹如中医看病，只知其然而不知其所以然，恪守古训而不研究为什么：比如炒菜一定要先葱姜炝锅，我问她洋葱可不可以她就不愿回答；煮米饭水一定要没过米半个指节，我好死不死就问手大小不一样怎么办她也不理我；而且我妈烹饪思想颇为保守，古人是“贵中华而贬蛮夷”，我妈更上一层楼，连中华料理里她不熟悉

文骏兄，

又一次分别两地，只不过这次换成了我留守新加坡。

你走了48小时，我就堕落了48小时：吃薯片当晚饭，泡面当早午饭，凌晨四点睡觉中午十二点起床，躺在床上刷手机刷得不亦乐乎，朋友的短信都懒得回，有生产力的事更是一点没做。我自己都不好意思，怎么这么快就“进化”了这么一套如此“屌丝”的生活方式。Santosh（桑托什）说我心中的那个每小时跑两百码的小马达，大概暂时休息了。

这时候给你看眉扬厨房，不知是不是有点讽刺：我快连咖啡都懒得泡了。

明天周一，要振作一下！

不知你这次回去有什么感慨？老友相逢，聊得可开心？

我从纽约搬去圣路易斯的时候，满心遗憾要离开纽约这座自由精神充斥的伟大的城市。后来发现圣路易斯也一样有自己的精神气质。

好几位认识的人，台北的，上海的，新加坡的，以及来自其他繁华大都市的朋友，竟然在离开后不约而同地缅怀起没那么热闹的圣路易斯：森林公园（Forest Park），各种美食节，华盛顿大学，宁静的郊区生活，有那么多时间给家人。原来不仅仅一生当一次纽约客，就终生都是纽约客（Once a New Yorker, always a New Yorker），还有当过一次圣路易斯人，就一辈子忘不了（Once a St. Louisian, always a St. Louisian）。周五的晚上跟Kay（凯）聊天，地道新加坡人的她也不停在说“我们圣路易斯”。

刚发现写好的稿子落在办公室了，明天一早寄出吧。

祝贺你的皇马再次问鼎欧洲冠军杯！

眉扬

的粤菜、淮扬菜、本帮菜都一概贬为“有什么好吃”的那一类。

其实，说了这么多，只是想表达眉扬厨房完全是自立门户，无门无派。

最早喜欢做寿司，美式的。美国人非常喜欢吃寿司，连中餐馆里都常有寿司出售。可是在美国流行的寿司全是美式改良过的，只要放够蛋黄酱很难难吃。不说正宗与否，首先热量就比日本人的版本高出不少。当然美国人身形比全国难觅几个胖子的日本人高大不知多少，也不那么在乎。我之所以做寿司完全是投机取巧，简单易做，造型美观，很难看出来厨艺高低。有一次心血来潮，在纽约的家里做了一下午寿司，把冰箱里的材料用得干干净净，算是打扫厨房了。结果成品太多自己吃不完，我好心地送了半个公寓楼的邻居自制寿司，回家一看，还剩下不少。那时有个男生追我，胃口不小，想送给他解决问题又怕他误会，就送到我家楼下的意大利餐厅百隆娜（Bettolona），然后发短信让他去找老板拿。餐厅老板每天喝饱了葡萄酒大概心情不错，居然答应我帮我转交饭盒。所以后来每次去纽约总想找机会去那个餐厅，一半是喜欢一半是报答的心情。那男生对食物要求不低。被我拒绝之后本来说自己“不会放弃”的他一个寒假就跟我好好做朋友了，跟那盒寿司的味道是不是有关？我不敢妄加猜测。

进阶版的我竟然开始在家里大宴宾客。客人六点半全到了，我的水都还没烧热。情急之下，扔下一屋的客人跑去超市买了两只烤鸡、一袋韩国饺子应急。铁哥们魏曦当时也在，当单身宅男多年的他煎饺子一绝，是他仗义出手我才腾出时间来慢慢煮好泡菜锅。我的隔壁当时住了三个中国女生，是我之前送邻居寿司（对了，就是上文提到的那次）时发现的，但是完全不熟。在美国的中国人不熟的时候相互讲英文，熟了之后才会讲中文，对她们仨我大概连英文都只讲过“hi（嗨）”或者“How are you？（你好）”。那次的客人几乎全是男生，生怕没话聊的我走投无路，竟然跑去敲隔壁的门拉她们来一起吃东西。那次宴会侥幸总算是宾主尽欢，大概还是美人计的功劳。其中一个男生后来还追了其中一个女生许久，可惜最后没有成功，让我做媒成功的概率至今维持在零。

搬去圣路易斯，第一次在家宴客是四川火锅。火锅是网购来的，鱼丸是韩国超市买来的，没有粉丝就用日本人吃的魔芋丝，没有白菜就用本地产生菜；来的客人们自备酱料，从美式花生酱到新加坡沙爹酱，五花八门。还好底线守住了：当时的中国超市已经有中国火锅底料出售。三毛曾经写过一篇文章叫《沙漠中的饭店》（原名《中国饭店》），是讲她如何利用有限的材料在撒哈拉沙漠里煮中华料理的故事。本来以为我在密苏里圣路易斯郊区煮四川火锅的壮举大概可并称于世，后来听说刘医生曾经用麻辣火锅煮意大利芝士饺子（Ravioli），还放了小汤团（Gnocchi，意面的一种，一般是土豆磨成粉做的，小小的，黏黏的）当年糕，我才叹为观止，发现天外有天。

煮火锅上瘾的我后来在芝加哥的超市看到从瑞士出口到美国的芝士火锅底料（Cheese Fondue）。那时还没有试过正宗 Cheese Fondue 的我好奇心大起买回一袋，邀请了原班人马准备再起炉灶。一起打边炉的小伙伴都有事又嫌我家太远临时爽约，只有耿直的刘医生单身赴宴。那时跟刘医生不熟，为人慢热的我发现只有他一个人来，不禁犯了“尴尬癌”，不知有什么话聊而担心不已。几次想取消宴会，无奈一个人难以消耗掉一袋 Cheese Fondue，加上心里也觉得自己的社交焦虑大概需要克服一下，就硬着头皮准备。还好刘医生来了：老餐经验丰富的他马上指出我的加热方法有问题，还提出了隔水加热的建设性构想。最难得，那次聊得很开心，之前一直担心没话聊的我大松了一口气。本来准备喂饱客人就赶人的我竟然跟客人瞎扯了好几个钟头。言犹在耳，我记得我说了让人羞耻的“美女是分好几种的，少女美的过几年就不美了，有种没有年龄感的美能一直好看，比如钟楚红。不信二十年后你再来找我，我四十多岁搞不好比现在好看”。刘医生竟然也忍住了没笑话我，实在是真正的绅士。一顿饭收获一个真正聊得来的朋友，下厨的好处实在很多。

慢慢地，我开始发明一些“融合”菜式，动机也不怎么单纯。一次去 Robert 和 Tingting 家过中秋节，我发下宏愿要做四喜丸子带去给大家尝。结果研究了菜谱之后，我发现很讨厌处理生肉的我根本做不到买一大块生肉然后举刀大剁（血腥的画面让我避而远之）。“聪明”如我，怎么会被这种小事难倒？跑去超市买回一袋可以微波炉加热的放在意大利面里的肉丸，另外焯几根青菜，撒上黑胡椒就可以装盘了！其他发明，还有英国红茶加美国啤酒（我用的还是低热量的版本）煮的台湾卤蛋，以及用美国人用来做南瓜派的奶油南瓜（butter squash）煮的甜南瓜玉米汤。一度我对我的融合菜系发明洋洋自得，甚至开始担心如果离开美国，买不到这些做什么都不正宗的材料我就不会做菜了！

对营养学的了解渐渐多了起来，发现很多中式家常菜其实很不健康。虽然蔬菜很多，但是煎炒烹炸，不健康的烹饪方式破坏了营养，增加了热量。吃了不少墨西哥菜之后，我开始自己在家里做墨西哥牛油果色拉（guacamole，一般配玉米片吃），健康美味，失败系数很低。公司所在的部门每个季度有一天会大家每人带一个菜去公司聚餐。准备带 guacamole 的我为了食材新鲜，最后一刻才动手准备。结果发现 guacamole 里必不可少的提味妙品——柠檬，我忘了买了。在家里“上下其手”翻找材料，发现一瓶柠檬味泡腾片。于是泡腾片冲水被我当作柠檬汁放在了色拉里。在聚会上，深知内幕而没有

信心的我默默地远离了我自己丧心病狂的作品，尽量拿别的吃的。可是不一会儿，一大盆的 guacamole 就被同事拿光了。隔壁组的小哥甚至专门找到我，感激地说这是他这辈子吃过最好吃的 guacamole，无论何时我再做这道菜都请务必通知他，无论剩下多少他都愿意打扫干净。我虽然也好奇自己是不是无意间发现了美味秘籍，但还是宁可循规蹈矩，没有勇气再复制传奇。

从下厨的兴趣开始，我也慢慢开始关注厨具。大部分讲究生活品位的优雅人士都喜欢酷彩（Le Creuset），好几百美金一个的锅让做饭变成一件慢生活里惬意的事。可惜我这种人太实用主义，对色彩缤纷、价格高昂的 LC 系列不感兴趣。实习时拿到第一张工资单，马上跑去亚马逊定了一个空气炸锅：又爱吃炸的又怕胖的我以为找到了终极解决方案。然后就开始兴致勃勃地试验各种自制的烤蔬菜、烤饺子、烤马铃薯，可惜配方都不成功。直到搬家都没有试验出足以传世的菜谱的我，把空气炸锅和厨房里手忙脚乱的记忆一起慷慨地留给了下一任房客。其实一直到现在都觉得网购的火锅非常重要，在圣路易斯郊区住的时候，经常一个人吃饭的我不知被火锅里那“咕嘟咕嘟”的热闹安慰过几回。

误打误撞，我竟然慢慢有了厨艺不错的名声，从此我深知江湖传言的不可信。唯有我妈不为所动，坚信从来没有经过她系统训练的我不懂烹饪这门高深的学问。她一直到今天都拒绝品尝我的作品，这种态度的背后是对我自学成才的不屑，大概相当于拍电影的看不起拍电视剧的，正规大学毕业的看不起社区学校的。本来也没想登堂入室的我一直觉得她不屑就不屑吧，中华料理博大精深，我的三脚猫功夫难入我妈法眼也是正常。直到一次我妈访美，担心她吃不惯，我带她去了一个中餐的自助餐馆。在美国，中餐馆一般都以便宜实惠著称，并不主打质量上乘的高档品。自助餐里有一档是现点现做的炒面，由一个连中文都不会说的墨西哥雇员主理，什么“葱姜炝锅”都没有，只是把食物弄熟然后让客人在日本烧烤酱和酱油里选一种酱料。我妈竟然连呼好吃，大大夸奖了墨西哥小工（因为不能算大掌勺）的手艺。我非常泄气：难道连中文都不会说从来没有来过亚洲的墨西哥工人比我更懂得中华料理吗?

小时候我爸问我长大想做什么。在无数成名成家的选择中，我张嘴就说“美食家”！我爸就觉得果然生了个吃货。其实我这个答案背后是有严密的考虑和逻辑的：如果把所有的职业算在一起，大概美食家是最名利双收付出又少的。美食家的门槛在今天又降低了，叫作“美食达人”。YouTube 上的化妆达人、减肥达人至少要会化妆、懂运动，美食达人甚至都不需要会做饭，只要找得到好吃的就行了。话说资讯发达的今天，凭借 Google 地图和 Yelp 评论，找到街后巷老鼠洞旁边的苍蝇馆子有多难呢?

然而，并不自称吃货的我，还是喜欢偶尔下厨，为了厨房里东拼西凑犹如化学实验的好玩，也为了看到吃东西的人脸上满足的表情：这样，不怎么会照顾人的我就有了照顾别人的快乐了！

第二十九章

鸟人、一风堂与山头火

对日本拉面最早的记忆，是家人逛街以后一起去吃商场里面的味千拉面。在饮食上保守（其实在任何方面都保守）的家人难得尝试日本菜，主要还是因为拉面这个词在中文里有完全对应的概念。结果重油重盐重口味的一家人都爱上了日本拉面。我心里却一直有个疑问：味千拉面到底正不正宗呢?

大学的时候去日本北海道旅行，开始的时候每天都在不同地方的王子酒店吃酒店自助餐。这样不接地气的行程安排纯粹是因为旅行社省事，可是每天饮食的重复让我近乎时空错乱，回忆时再想不出都去了哪些地方。终于大家忍不住愤而抗议，司机于是就近找了个小镇，我们也就这样来到了一家小小的居酒屋。

居酒屋非常地道，由一对老夫妻经营着，还没有结婚的小女儿大学毕业就在店里帮忙。店里店外就只有三个人、几张桌以及一张榻榻米。可是窗明几净，地板也是纤尘不染，可任意躺下睡觉，干净得一看就知道是日本人的店。我们一行人叫了几杯清酒，本来大家还有点拘谨，

Dear Jeff,

知道你还不能连上网发稿子给我，赶紧先发第二十九篇给你，就当抛砖头引玉咯！

为了写这篇稿子，也是为了解馋，晚上一个人跑去拉面店吃饭。

回来带着满足的心情，我给自己倒了一杯Chardonnay，拿出冰箱里还剩下半盒的榴莲奶冰，抱着电脑上了天台，准备吹吹风写写字，好好享受人生。

谁知从第一口榴莲奶冰入口，我就发现榴莲奶冰跟Chardonnay一点都不搭，相比之下微微有点咸的脆饼或者Cheddar Cheese和Chardonnay都要协调得多。

可惜了一杯好酒，也可惜了一颗好榴莲！

有感于暴殄天物，我在想，西餐的葡萄酒与食物的搭配已经非常成体系了，差不多的西餐厅都会有推荐配食物的酒以及搭配好的品尝菜单，葡萄酒配中餐却没什么人做过。可是中餐滋味万千，没道理没有好的葡萄酒搭配啊。不然我们来做个中餐配葡萄酒的实验项目？想想应该很好玩！家里有不同品种的葡萄酒，接下来就是选择中餐食物了！

搞不好Chardonnay跟榨菜非常搭，因为榨菜跟脆饼和Cheddar Cheese一样都是咸的！

开车小心，享受老友相聚的时光，听到什么有趣的八卦要及时告诉我哟！

眉扬

酒一下肚大家慢慢就放松了。不一会儿，竟然有人唱起日语歌来，深情款款，还唱得自己潸然泪下，大概已经醉了。其他人怕醉，赶紧抓起菜单叫东西吃。日文菜单我们能看懂五六成，其中喷火拉面吸引了所有人的眼球，还有一到三不同的辣度可选，第三级乃是地狱之火。那时吃辣还颇有心得的我马上选了第三级，心里觉得一定要死撑不能给国人丢脸。

面还在隔壁房间没有端进来，就已经有辣味飘进来。等面进了门，整个房间就像是有人扬了一把辣椒面在空气里，呼吸都是辣的。我战战兢兢送一筷入口，果然刺激，不敢细品连忙咽下去，觉得一团火从嘴巴里一路烧到了胃里。我如临大敌，赶紧大口喝水，谁知……没事了。

日本人注重形式，比较直接，没有我们中国人弯弯绕的曲线思维；日本人的辣也是直接的，犹如程咬金三板斧，劈头盖脸开门见山，没有掖着藏着的后招；我们的川菜呢，虽然辣，可是浓郁醇厚，第一口不觉得辣，只觉得醇香满口，让你停不下嘴，然而越吃越辣，等你意识到辣，想喝水时，水已经不能救火了——所谓先礼后兵。还有个收获是：原来味千拉面都不算不正宗，可谓业界良心。

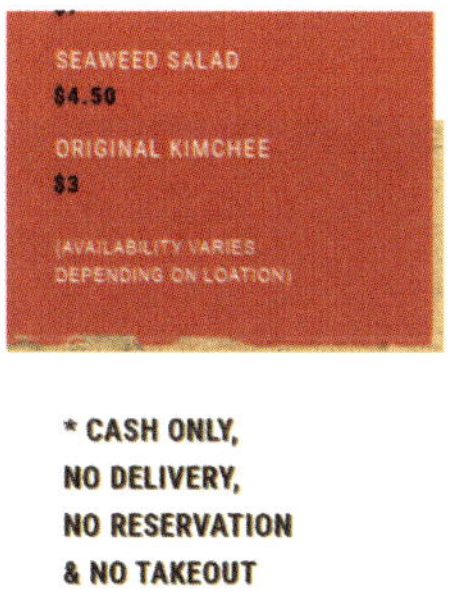

来到圣路易斯，才发现日本拉面不容易找。圣路易斯的亚洲人主要是朝鲜战争以后接纳的韩国人、来做科技工的印度人和来读书的中国人，日本移民很少很少。有个同事是个来自京都的日本女生，已经在圣路易斯住了快 20 年，都是靠韩国超市和中国城慰藉自己思乡的胃。于是，每次有机会去纽约或者芝加哥这样日本族群比较有规模的地方，都会专门去寻找日本拉面。

纽约的日本拉面店不少，甚至还有安藤百福面条吧（Momofuku Noodle Bar）这样以方便面创始人命名的咖啡小吃店。鸟人和一风堂就是其中两家出类拔萃，能够让见多识广、懂得欣赏地道日本拉面的纽约客赏识的店。

位于纽约地狱厨房区（Hell's Kitchen），鸟人（Totto）的店面里面还勉强算摩登，外面就不怎么起眼，跟这个区的年轻穷艺术家气质很搭。虽然装潢不够奢华，可是 Totto 每天下午六点不到门口就开始大排长龙。大概因为生意不错，他们的网站上很霸气地写着：只收现金，不送外卖，不接受订座，也不提供打包。真是霸气十足，包括卖水的小卖部在内，我在美国还真没见过什么店不收信用卡的（逃税的餐馆除外）。拉面的种类不多，只有三种：鸡汤底的，比较清淡；麻辣拉面，可以多加辣椒但要多收钱；味噌汤底的，比别家的味噌口味汤头要重一些。特色在于有非常非常多的小料可以加在面里，很多是传统日式拉面里没有的，比如泡菜啦，鸡肉叉烧啦，牛油果啦。老实说，来这里吃饭的一大乐趣在于排队，队伍最长的时候可以排一个街区，不少的时髦人物充斥其间。不要忘记，Hell's Kitchen 这个区是"纽漂"聚集地，不少百老汇舞台、托尼奖以及电影节的明日之星都住在这个区的便宜公寓和地下室呢。如果你对有艺术范和纹身的帅哥美女有兴趣，欣赏那种不精致但是"又穷又漂亮"的街头时尚，来这里排队再好不过——何况还有热腾腾的拉面在前头等着你呢！

我的最爱是一风堂（Hakata Ippudo），在纽约曼哈顿有两家店。这名字不知怎么让我想到金庸小说里的江南武术世家，有种飘然出世的高洁之感。一风堂号称纽约最好吃的拉面店，在猫途鹰（TripAdvisor）上排名颇高。纽约这种地方餐饮业竞争激烈，一风堂竟然能数得上名号，江湖地位可见一斑，大概可以去华山论剑的。

一位纽约美食博主这样写道："作为一个在曼哈顿下城区生活了五年的纽约居民，我过去总是羞于承认我没去过一风堂。昨天我终于一雪前耻，吃到一风堂！大部分纽约市民都出城过国庆节去了，因此在晚上七点，我竟然只等了一个小时就找到了位子，和一般至少三小时的等待时间比，简直是奇迹！"

一风堂的装潢比较简洁，一进门有个巨大的圆形的吧台，食客们围坐四周，中间是大声吆喝着日文的服务员，有点像回旋寿司的感觉。关于一风堂的拉面，我只能说，非常满足。清淡的鸡骨汤头清淡不失滋味，浓郁的猪骨汤头顺滑而不让人觉得肥腻。配着一片海苔，精致的面碗摆上来，让人不由自主想说一声：依搭搭基巴骚（我开动咯）！

菜单上有一款拉面叫作"精进"（Sho-Jin），是纯素汤头。美国的素食主义越演越烈，好多餐厅都贴心地在原来菜单的基础上提供一些素食的选择。一风堂的精进，据说是受到禅的哲学的影响才创作出来的拉面，从烘干的蔬菜中提取精华入汤，还加了一点柚子醋，很有意思。

其实我最喜欢一风堂的米饭。日本产稻米，蒸到水分刚刚好，洁白莹润，有淡淡的清香。

冒着点热气端上来，入口饱满，有一丝丝甜，但是不会太浓郁，像白色的宣纸，本身就是艺术品，同时又是各种滋味最好的衬托。一风堂午饭跟晚饭的菜单略有不同，米饭只有中午才供应。

一风堂同样不接受外卖订单，也不提供打包服务。不过他们会在网站上写明，这样做的原因是为了保证食物的质量，也是为了食客的健康着想。这种不妥协的精神真是够日本。

其实，纽约日式拉面店比较多，吃到嘴巴里远没有专车五小时从圣路易斯开到芝加哥找拉面的那一口感动。是的，吃货就是有这种精神头。第一次去芝加哥找拉面，在美国的美食网站上看到一家叫 Sxxxxx（还是不要影响人家生意啦）的，因为太受欢迎，已经开了第二家，叫 Sxxxxx2。

店门口招牌很时髦，可是门口的两扇推拉门，其中一个上面贴着张打印出来的纸条，上书："Out of order. Please use the other one.（此门已坏，请拉另一个。）"有没有觉得很熟悉？这种微妙的感觉我当时形容不出，只是心里隐隐觉得这大概不是日本人开的店。过了许久我才明白过来，原来我只在中国人开的店门口见过这种做法。其实仔细想想是蛮奇怪的，门坏了不修，而是特意去打印一张纸条提醒顾客注意；而且那纸条往往微微泛黄，可见门坏了不是一天两天，店老板的凑合也是日久天长了。这种不怎么关注细节的生活态度大概跟我们的老庄哲学有关？

点了一碗麻辣味噌拉面（spicy miso ramen），里面放了些上海青，不难吃，只是入口味道很熟悉但又不像日本拉面。我很努力地想，才明白：这明明白白是重庆小面的味道啊！哪有日本拉面里放上海青的！热情活泼的非洲裔美国侍应来聊天，问我的反馈。我说："挺好吃，但老实说，这是中国菜的味道，不是日本菜。相信我，我是中国人，这味道再熟悉不过了。"侍应笑着说："告诉你个秘密吧，我们老板是中国人。"我一时啼笑皆非。

虽然食物的味道没什么可抱怨的，可为什么要冒充日本菜骗那些美国人呢？大概日本菜因为质量高、餐厅环境好，在美国非常流行，价钱也比中餐可观，老板想赶这个热潮？其实换种思路，做一家有质量的重庆小面店，改变美国人对中餐廉价、餐馆环境差的印象不是也挺好吗？我非常肯定老板做重庆小面绝对比日本拉面拿手。

第二天，驱车来到芝加哥郊区，总算吃到了正宗的日本拉面——山头火。很长一段时间，

我都管这家店叫火头山，反正不管怎么叫，那个印象，很火辣就对了。这家店坐落在芝加哥郊区的一家日本超市——三和超市（Mitsuwa）里，对日本零食感兴趣的人不妨来这里逛逛。一件件设计感十足的小零食看过去，拿一根试吃的拌了酱油的乌冬面，然后去烘焙部买几个花式面包，半天就过去了，山头火就开门了！真的赶时间又不想错过山头火，你最好在开门前半小时就去排队，这样可以省下不少时间。山头火最受欢迎的拉面是麻辣味噌口味（spicy miso），汤头火辣而且有后味。我喜欢多叫一份腌竹笋、卤蛋加在面里，另外叫上一份米饭。用拉面里熬煮多时的猪骨汤拌饭，撒上些七味粉，加上浸满了汤汁的腌竹笋和溏心蛋，简直想想就让人食指大动。搬来新加坡，日本拉面店的选择多了起来，搭地铁五分钟就能找到一家质量不错的。可是再也没有以前那种对着面碗朝圣的心情，以至于吃下第一口就觉得开车回去的五个小时也不是什么大问题嘛！

有感于吃日本拉面的不容易，身为吃货的我和刘医生认真探讨过自己在圣路易斯开拉面店的计划（也考虑过开法式中餐以及炒饭店）。我们的想象力事无巨细地决定了门口的女招待一定要好看，可以穿和服，会计可以由可靠的朋友 Edwin 来担任。好像探讨蛮深入？ 且慢，一家日本拉面店里没有一个日本人而全是中国人，我们是开阳春面馆吗？

开店的计划暂时作罢，且干了这碗面！

亲，

读你的文章，彷彿跟着文字又重游了纽约、芝加哥一遍。

回忆总是美好的；但不只是回忆把经历美化，而是这些经历确实很赞！

托你的福，又一次感受到了当时的美好。

Jeffrey

第三十章

牢骚一晚：在小野花餐厅酒吧（Wild Flower Restaurant & Catering）喝酒才是我们的正职

亲，

我很怀念跟你在文字上相交的时间！很怀旧，也很令人心安。

Love you!

J

在圣路易斯我的住所楼下，有一间叫作小野花的餐厅兼酒吧（Wild Flower Restaurant & Catering）。因为它位处医学中心和住宅区之间的步行必经之处，每天傍晚，下了班又暂时不想回家的男男女女，会在小野花的欢乐时光（Happy Hour）喝上一两杯，吐槽一下一天上班下来积存的对上司、同级、下属、伴侣、子女、老父老母、政经民生以及支持的球队之不济等的不满。

熟悉酒吧行情的人大概知道，星期一晚是每周生意最淡的时段。在酒池肉林里度过一个

周末过后，一般人都会固本培元，稍事休息个一两天才再重新出动。面对淡市，小野花的应对措施，是每星期一晚十点过后，免费提供食物，前提是你必须消费，买杯啤酒或是什么别的，不设下限，当然也没有上限。不言而喻，有钱喝酒但又不想付费用餐的我们几个，每周一顺理成章地把晚饭时间调节到十点过后，一杯接一杯地在小野花贪小便宜。

“我们”，指的是 Simon、Nilsson（尼尔森）、Francesca（弗朗西斯卡）、Sitze（西则）和我五人。我们都在医学中心不同的部门做科研，也都住在医学中心附近的住宅区。约定俗成，仍是单身的我们，每星期一晚会在小野花喝酒聊天。当时除了我之外，各人在情感上都承受着不同形式的挫折。虽然努力地投入恋爱市场，但常常收获到的不是甜蜜的爱情，而是各种奇葩的恋爱对象和经历。集思广益，每个星期一晚，我们围绕着遇到的各个奇葩的恋爱对象和经历吐槽、学习、互舔伤口和成长。这美好的时段，我们官方称呼为“牢骚一晚（Grumpy Monday）”。

在“牢骚一晚”，我切实地体会到工作只是生活的一小部分。每一个“牢骚”成员每一天，除了营营役役地经营自己的职场生涯，更多操心的是恋爱生涯。相比较之下，经营恋爱远远比经营职场生涯更来得吃力又花费心神。Nilsson 曾经说过：“我去上班，是去休息的；真正的劳动，是从实验室下班出来的那一刻开始！”

在一杯又一杯的啤酒之间，恋爱牢骚被抖出来，再喝下去。小野花酒吧常备的

生啤酒（beer on tap），种类虽少但式样齐全：由清淡口味的比尔森啤酒（Pilsner），到一般口味的波士顿金黄啤酒（Sam Adams Boston lager），到本地特色城市栗子酿造公司（Urban Chestnut Brewing Company，当地一家啤酒工坊）的马蹄果啤酒，到爱尔兰黑啤酒（Guinness），偶有轮换；为数虽少，只有五六种，但清晰地标示了“牢骚一晚”的焦点：我们聚在一起，牢骚为主，吃喝为辅。与其说是用讲故事来佐餐，倒不如说是用吃喝来催动讲故事发牢骚的情绪。聊到一半，跑到自助餐区，拿当天的免费佐酒小菜回来分食：有时是香蒜酱烧烤鸡腿，有时是茄瓜千层面（eggplant lasagna），有时是烘烤意式饺子佐以番茄酱（toasted ravioli with Mariana sauce）。油油腻腻的小食，召唤你多喝一杯啤酒解腻；酒喝多了，再用油腻小食中和解醉，此起彼落，每况愈下。

通常在第二到第三杯啤酒，第二到第三盘小食之间，“牢骚一晚”正式进入高潮：“她和我在一起这么久都没提到自己还没有和前度断干净！还是我不小心发现的！”“我发现他每次上厕所小便都要五分钟，这正常吗？”“他信的是伊斯兰教，我是天主教，他妈妈不接受我们在一起……”“我昨天晚上喝太多，断片了，起来发现在一个不认识的人家里。我有义务做些什么吗？”然后就是数不完的馊主意和垃圾跟进问题：“反正她不知道你发现了，倒不如继续装不知？你也有机会让人免费养大你孩子。”“要不要介绍个泌尿科医生给他？他好，你也好。”“他妈妈有没有什么重病？还能活多久？……噢，很健康？那你们还是分了吧？”“她颜值多少？颜值高低和义务多少应否挂钩？”由一个故事，一件牢骚出发，延伸出无数的枝叶问题来，一人一句，越发越大，不可收拾，穷一个晚上不能尽解答。

也许，小野花和“牢骚一晚”的重要，要到很多年后的某一天，才能充分地被珍惜和回味。美剧《欲望都市》（*Sex and the City*）里，四位女主人翁常聚在一起谈感情生活，发牢骚，骂男人。在“牢骚一晚”里提到的每一个奇葩对象和每一件糗事，可能在当时令人很懊恼而尴尬，但事过境迁，到最后大都能一哂置之。《欲望都市》剧中女主人翁卡丽（Carrie）最后把所有糗事结集成书：蓦然回首，学习到原来在恋爱市场里，追追逐逐到最后得到的，不是完美的理想对象，而是一个明白需要什么的自己。

在那一天来临之前，对每一位恋爱市场的实习生，“牢骚一晚”和小野花照常营业。

Wild Flower Restaurant & Catering（**小野花餐厅酒吧**）
地址：4590 Laclede Ave, St. Louis, MO 63108
网址：www.wildflowerstl.com
电话：+1 314-367-9888

Dear J,

比我写的有趣多了，写完手头已经开了头的“教堂鸡（Church's Chicken）”我就准备就此搁笔了！

是的，我也怀念这些笔谈的时光，又熟悉又陌生，那么近又那么远。

原来人格成熟、颜值情商都不低、谋生无压力的科学家们也谈爱不易，看来人生的功课真的不少。

可是《生活大爆炸》里一班书呆子也渐渐寻得真爱，所以别放弃，希望还是在人间。

老实说Nilsson和Manuel（曼纽尔）有点在我脑海里重叠起来了，他们定义了我所认识的南美男生吧：聪明，精力旺盛，幽默感不差，感情状况不稳定。

快寄第三十一篇来！我等得好着急！！

M

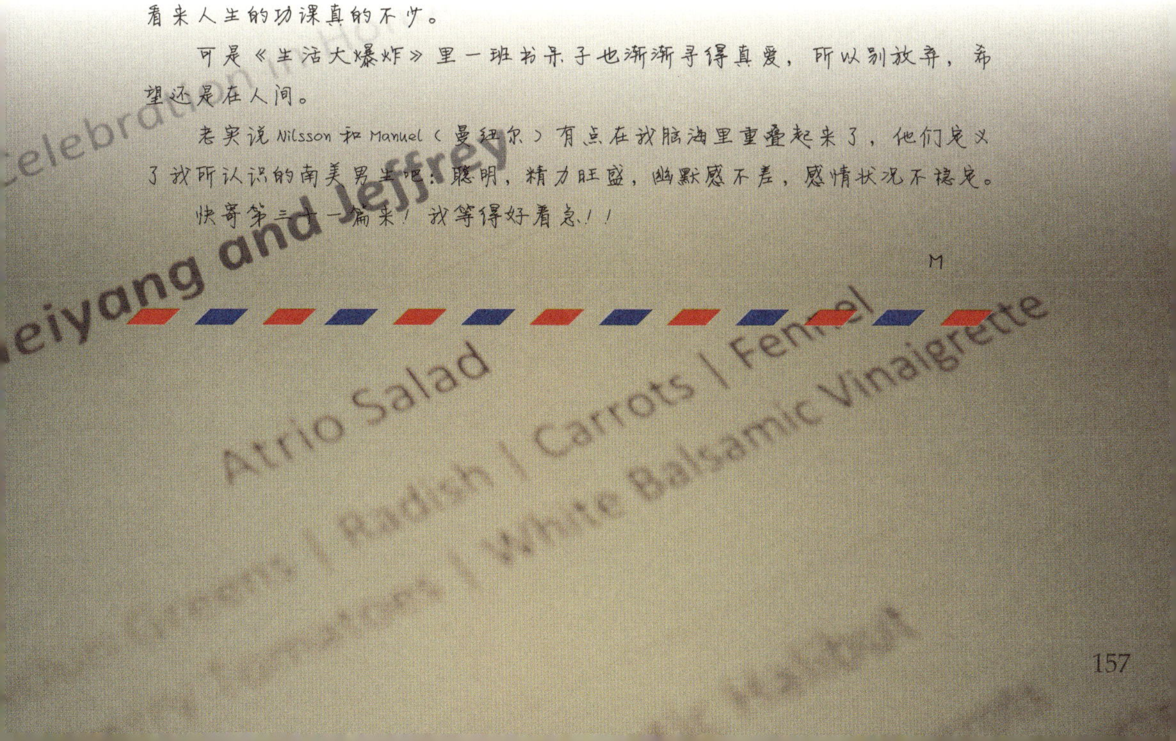

第三十一章

每星期六营业的免费小食街：Whole Foods Market, World Market, Trader Joe's 和 The Wine Merchant

亲，

一边写这篇，一边想言之有物，但不知道会不会太多话题，反而混淆了焦点？我不晓得看的人有没有跟着我的思路走。

我指的是倒数第二段，如果你不喜欢可以删掉，你觉得呢？

Jeffrey

别被标题党误导了：其实并不存在这么一条免费小食街。但在我和郭主编的共同努力下，我们瞎拼了这么一条周末免费路线来。

是这样子的：在圣路易斯这人口密度不高的城市，每星期六，在很多超级市场和洋酒贩卖店，都设有很多免费试吃的摊位，吸引顾客尝鲜。这做法在人流太多的城市不太行得通，在美国中西部却是大行其道。一开始会不好意思拿免费试吃的郭主编，在我的熏陶下也渐渐地不要脸起来，“壮志饥餐试吃区，笑谈渴饮红酒店”。

行程的安排很重要：太早喝多了，会吃不动，醉醺醺地浪费了一整天；但太迟抵达，往往就错过了时间，或东西已经被吃喝光光。

我们通常的星期六免费行程如下：一早九点，先到中西区的瑜伽用品店鲁鲁柠檬（Lululemon）参加他们的免费一小时瑜伽训练班。运动毕稍事休息后，我们会去喜欢的咖啡店坐下学习或写作。到正午十二点钟声响起，我们不约而同地放下手上的东西，试食之旅正式启航。

第一站通常先去超级市场 Whole Foods Market。Whole Foods Market（直译为全食超市）被人戏称为“薪水全搭超市”（Whole Paycheck Market），因为东西标榜纯天然（也就是要卖得很贵的代名词），结账时有可能花掉你整个月的薪水。在圣路易斯布伦特伍德区（Brentwood）的 Whole Foods 里，星期六常驻有各式芝士和红白酒试吃区。好不好吃也罢了，好玩的，是一边试饮不同红白酒，一边辨味，猜测葡萄的品种和出处；也会拿起不同的芝士，看哪一口芝士和哪一口酒最对味。一般而言，能够放出来免费试味的，不会是太贵的珍品，但也会偶有惊喜。Whole Foods 也常有墨西哥小食、面包、水果等试吃；一般来说，大时大节*前，试吃区的品种更臻丰盛繁多。各式手工巧克力和果酱等，常在假日趁你愿意多付钱的时候隆重推出，货如轮转。

* 编者注：方言“大时大节”，指比较重要的节日或其他有特殊意义的日子。

第二站通常会去 World Market（世界市场）。World Market 卖由全世界不同地方进口的百货；货品由食物到家具到油画到厕所用品都卖，一网打尽顾客进店前不自知的各样需求。World Market 常有洋酒和佐酒小食试吃，偶尔也会举办大型免费试酒展，皆大欢喜。这里的货品经常轮换更新；有时候一边试吃，一边到处逛看有什么新引进的亚洲食品，看有哪一件零食或玩具，勾起了暖烘烘的儿时回忆。然后细思恐极，因为暖烘烘的原因，大概只是酒力发作。

第三站来到了 Trader Joe's（交易员乔）超级市场。低价位，高质量，这店同时满足了试吃和补充日用必需品这两个要求。这里常见的试吃品包括咖啡、小食、啤酒、饼干搭配芝士和红白酒。Trader Joe's 卖的东西跟 Whole Foods 很相似，但价钱便宜一半以上，买起来令人觉得心安理得。这里常撞见朋友和同事，可见大家工资相若，品味也相若。

最后，也是行程的高潮，是到 The Wine Merchant（"酒行家"酒行）试酒。The Wine Merchant 走的是高格调路线：每人一个醴铎（Riedel）水晶酒杯，在一列七八种红白酒前，由专业品酒师讲解免费试饮的每一种酒。酒价不一，由十多美元到一百美元不等，通常由俭入奢，让你一步步走上味觉的不归路。每星期有一个不同的试酒主题，可能按产区，或按葡萄品种，或按某特定酒标来计划分类，制订出贴心的试酒方案。

写到这里，我猜想郭主编心里大概这么想：怎么把我们免费试吃这种糗事搬出来写成文章？

前几天在网上看了一段文字，论为何中国男生在婚姻恋爱市场上不如中国女生受外国人欢迎。我很同意一个读者的留言回复：我们要分辨偏好和歧视的不同。外国人偏好中国女生，认为她们比外国女生更懂得顾家，但不偏好他们认为比外国男生更内敛的中国男生。但偏好不同于歧视：歧视是无论如何，只要你属于某一不能后天改变的族群（如肤色），就压根不作考虑。在这例子里，不歧视中国人的外国女生，如果她偏好某一类型男生（如高大阳光肌肉男），终于有人写了我们的周六“买米路”*了！

我其实想写Trader's Joe以及其他的美国食品超市久矣。

因为这些市场不但出售商品，而且每一家都有自己的风格和定位，让买菜变成一件非常有趣的事。

真心希望国内也有这样有趣的食品超市。

我觉得你的观察很对，去不同超市买菜的确实是不同人：“侯夫子”（Whole Foods的中文发音）是有钱人去的，“缺德舅”（Trader's Joe的中文发音）是自以为有情调的白领去的，农夫市场（Farmers Market）是文艺青年去的，好市多（Costco）是满足孩子的大家庭去的。

有时候在不同超市看人也会对社会有深刻的认识。比如最近几年在“侯夫子”经常看到中国留学生，谈吐举止都能看出来来美国不久，已经开始开着十几万美元的名车在最贵的市场买零食了。

我的朋友迟聘告诉我，淘宝上有Trader's Joe的东西卖，以真空包装的有机水果干为主。

我想了想，还是删去了倒数第二段，觉得放在这里有点牵强。

我知道你也真的是有话要说。

有天如果有机会出版成册，我们可以把这一段的内容放在前言或者作者自述里，你觉得呢？

“到正午十二点钟声响起，我们不约而同地放下手上的东西，试食之旅正式启航。”

——这不约而同才是让人细思恐极呢！

Love,

眉扬

而某中国男生能满足全部这些条件，他也会有被考虑接纳的机会。当然了，也有别的客观因素需要考虑，如宗教、哲理、语言的差异等等。网友这段真正想说的是，不能仅仅从一个人的行为去做道德上的判断。

扯了那么远，是因为我觉得，比起单看一个人试吃的行为，其实他去试吃的心态怎样更为

* 编者注：作者制定这条路线主要是为买吃的，所以戏称其为“买米路”。

重要：如果他只是单单要去占便宜，压根没有想买的打算，那只是贪婪作祟，我不认同；但如果试吃前并没有排除购买的可能性，那大可以心安理得地试吃，不须为试吃这事感到局促或可耻。

话说回来。虽然我俩已不在圣路易斯生活，但每星期六的免费小食街，常常令在新加坡的我们怀念再三。很期待有机会再回到圣路易斯，大啖免费小食，大口喝免费酒，坦荡荡地一家接一家试吃试喝毫不手软；然后在半醺之际，懵懵懂懂地被游说买下半箱难以下咽的红酒。

GIRIS
02 19 03
TRAVEL

第三十二章

“教堂鸡”：与鸡有关，与宗教无关

Hi Jeffrey,

One of the weirdest thing about our era is how people facing each other but instead of talking, they texting.（我们这个时代最疯狂的事之一就是两个人面对面，但是不讲话而是互相发短信。）

I'm doing exactly the same thing, HAHA.（我现在就是这样，哈哈。）

这篇之后，我要暂时搁笔了。

眉扬

Hi，除非刻意比赛，这一篇有可能成为这个系列里最短的一篇。

Church's Chicken，“教堂鸡”，是美国一家专门做炸鸡的连锁快餐厅。

在中国大受欢迎、门店到处都是的肯德基，其实在美国的连锁店密度并不高，

Church's Chicken 搞不好更受欢迎，许多没有肯德基的地方都有一家“教堂鸡”。

如果你相信我的舌头的客观公正性，你就会觉得 Church's Chicken 受欢迎得很有道理——它真的比肯德基好吃很多。

肯德基的炸鸡有个很大的问题是不入味，Church's Chicken 却很好地解决了这个问题，鸡肉炸得表皮香脆，里面却是鲜嫩多汁，不用蘸任何调料就已经让人食指大动。何况它还提供不同的酱料供你选择。

美式炸鸡是典型的 Soul Food——灵魂食物。这是起源于美国南方非洲裔美国人的一种菜系，跟 Soul Music——灵魂音乐一样，是非洲裔美国人最知名的文化标签之一。有时在公园看到一大家的非洲裔美国人周末家庭聚会，除了律动十足的音乐，往往少不了一大桶的炸鸡。最正宗的吃法大概是蘸布法罗（Buffalo）辣酱。生性嗜辣的我却不喜欢 Buffalo 辣酱，大概辣椒酱里的酸味有点太强烈了，不够浑厚。不过这不影响我欣赏“教堂鸡”，毕竟，如前文所说，鸡肉在炸之前裹炸粉和调味料腌过，所以不蘸调料也很好吃。

跟它的文化标签一致，许多“教堂鸡”餐厅都开在非洲裔美国人的社区里。非洲裔美国人的社区治安往往不是最好，却挡不住我偶尔馋嘴的向往。

“教堂鸡”的独门搭配小食黄油饼（butter biscuit）也很好吃，最好吃的是刚出炉的时候，那个香啊，我竟不知道怎么形容。餐厅的

环境一般般，所以大家一般都是外带。停了车，马上冲进店里，跟讲话都好像在唱 hip-hop（说唱）的店员下单，在满室香气中耐心等三分钟，拿了热气腾腾的炸鸡、黄油饼就开车跑路；炸鸡的油慢慢渗出纸袋，腿上感觉到炸鸡的温热，车里充满了黄油饼的香气；一边开车前往风景绝佳处，一边禁不住满心期待第一口将会带来的满足。

文章虽短，还是要解答你的问题：你想问为什么叫“教堂鸡”对不对？

我在河南郑州出生长大。这个不怎么有游人的非旅游城市也有个相对著名的景观——号称天下武学正宗的少林寺。少林寺这几年除了提供参禅修佛的场所给出家人，还从事了很多副业：他们开武校培养特技演员，组织演出团去赌城拉斯维加斯表演杂技，甚至还出了个蛮好吃的小饼干“少林寺素饼”，连在美国的许多华人超市都有售。在少林寺脚下长大的我对宗教机构从事餐饮业这种事思想特别“开放”。第一次看见这家餐厅，我理所当然地想，大概是哪家教堂的炸鸡特别好吃，就开了家店帮教堂募款吧。后来才知道谬之远矣。

答案很简单：Church's Chicken 里的 Church's 并不是教堂的意思，用它命名，取的是这个单词的音而不是意思；比较准确的翻译应该是“丘吉尔炸鸡”或者“车迟炸鸡”吧。

来新加坡之后，时不时还会想念这油腻腻的美味。直到有一天，有个人跟我说：“你知道吗，新加坡到处都是的得克萨斯炸鸡（Texas Chicken）就是‘教堂鸡’啊！Church's Chicken 在美国本土以外的店都改名叫 Texas Chicken 了。为的就是怕他们把店开到非基督教国家会引起大家的误会和反感。”

原来不只是我一个人产生过这样的误会。我本来还以为在少林寺脚下住久了呢！

Church's Chicken（**“教堂鸡”**）

网址：http://www.churchs.com

第三十三章

意大利山下的西班牙式浪漫：Modesto tapas

Dear,

一口气寄两篇过来。一周两人合共写了五篇，不错吧？

Jeffrey

在圣路易斯有一区叫作意大利山（The Hill），住了很多二战前后流落圣路易斯的意大利裔，开了为数不少的意大利菜餐厅。当中的库尼托（Cunetto's）、乔瓦尼（Giovanni's）、查理·格里托（Charlie Gritto's）等，都已是圣路易斯家喻户晓的名店。但意大利山最让我印象深刻的一家餐厅，是名叫莫德斯托（Modesto）的一家西班牙小食（tapas）店。

我第一次听到 tapas 这词，是在香港美食家/作家蔡澜的书里。Tapas 是一种西班牙的小食，一口一个，勉强可以比成港式点心之类。一般西班牙人用它作餐前小食，胃口小一点的人也可以作正餐吃。在西班牙不同地区对 tapas 有不同的诠释，tapas 的分量、风格也有一定的差异。一般人提到 tapas 时，想起的常是酒吧吧台上摆满的一盘盘，数种至数十种不同的 tapas，每件上面用一根牙签穿起。tapas 有冷有热，冷的如面包上放风干火腿、蛋沙律、明虾、油渍灯笼椒、厚切芝士配青瓜等；热的，会在面包上放肉丸、香肠等。在传统的 tapas 店，顾客可以随意挑选，店员先不忙着记账；酒醉饭毕，按着牙签的数量，店家才和你算账。

很早很早以前，Modesto 开张的头一两年，我就和朋友去光顾过好几次。

整个餐厅的设计简洁摩登，干净而不落俗套。深红色调的内墙，配上刻意黯淡的灯光，深木色稳实的桌椅，和黑色略反光的长长吧台。地上不铺地毡或地板，而是单纯的灰色的阁楼式水泥地。整个感觉，自然而然令人觉得这餐厅是为了浪漫的约会而生。我当年不知道，直到后来到了西班牙旅行，才惊觉整个装修体系是西班牙安达鲁西亚（Andalusia）地区常见的现代风；我想老板这样装修，也是为了给客人更多的（回）到了西班牙的感觉吧。

Modesto 的 tapas，走的是安达鲁西亚地区风格。这种 tapas 分量比一口一件的大，每碟差不多是小半份正餐的量。热的 tapas 会装在一个烧热了的名叫卡苏丽塔丝（cazuelitas）的陶碗里，冒着蒸汽从厨房端出来。在这家店，我最喜欢的冷盘 tapas 是白汁冷汤（gazpacho blanco）：用忌廉白汁作汤底，汤上面淋上香蒜头、杏仁碎、陈醋，令冰镇的冷汤既味道复杂又开胃醒神。芝士熏肉拼盘（plato mixto）也是不错的选择，选用的

熏肉还包括昂贵的伊比利亚风干火腿（jamon Iberico），产这种肉的猪据说是自小喂饲橡树果长大的。不知是否心理作用作祟，仿佛阵阵风干火腿肉的咸香中，还带点橡果的清新和甜香。

热盘当中，我的首选是酿灯笼椒（pimientos rellenos）。把鸡肉碎、西班牙腊肠、芝士等加上酒炒香后填进绿灯笼椒里慢焗而成。 西班牙腊肠受热后流出被红椒粉染红的油脂，吃在口里热乎乎的，又咸又带点微辣，十分受用。另一道我几乎逢到必点的是炸薯仔配辣酱（Patatas bravas）。切丁的薯仔（即土豆）油炸后，大量淋上酱汁，十分简单的一味菜。重点是他们的特制酱汁：混合了辣椒、色拉油、糖、醋、香料等，酱汁既酸且辣，有点像辣番茄酱但更惹味。刚炸出来的薯仔配上调味酱，热辣辣的用来配冰啤酒或血红鸡尾酒甚佳。橄榄油焖蘑菇（champinones salteados）菜如其名，制作时加入陈年葡萄醋和红酒调味，解油腻之余也增加了味道的层次感。

如果不想单吃 tapas, Modesto 也有中国人爱吃的西班牙海鲜饭（paella）。不同于中国人的烩饭，饭和菜分开煮熟，西班牙人的海鲜饭，是名副其实的生米煮成熟饭：在一个很大很平的锅里，把生米猛火煮，过程中不停加入高汤搅拌。差不多八九分熟时，再加入海鲜、鸡肉、香肠等材料。Modesto 的西班牙海鲜饭属新派什锦系（paella mixta）而非原本的巴伦西亚系（paella valenciana），没有加入白豆、蜗牛等原材料，大概是要照顾美国顾客比较受保护的餐饮习惯吧！

甜品非要点西班牙油条配巧克力（churros & chocolate）不可。虽说是油条，其实是甜的，你可以想象它为拉长了的甜甜圈。有一年圣诞节我在马德里旅行，逛进了一家客人挤得水泄不通的油条（churros）专卖店。每个人都点一份 churros 和热巧克力，把 churros 蘸巧克力吃完，再把热巧克力一口气喝光。Modesto 的 churros & chocolate，巧克力做得比正宗的浓，直接喝是喝不了，但浓稠的巧克力酱更方便蘸食。味道方面不用多说，这种炸的东西配巧克力，怎能不好吃呢？

在我认识郭主编的很多年前（2005 年），我带过我的前任女朋友来 Modesto 初次约会，留下了美好的回忆。分手后，十年之间，竟然没有再回过这家味美且格调一流的餐厅。直到 2015 年和郭主编同来，才算是旧地重游。十年光阴荏苒，Modesto 现在已开始卖一口一个式的 tapas 了，郭主编和我一口气把每一款全部叫了一个试试。吃在口中，tapas 的味道隐隐然和记忆中的不一样，不晓得是食物变了味，还是我变了。

“濯足长流，抽足再入，已非前水。”——赫拉克利特

人生何其短，世界每天在改变，我们也在变。在新加坡，贮钱的压力很大，我们的日子也很朴素、节俭，几乎可算得上清贫。尽管如此，希望郭主编和我能常常提醒自己，在为将来谋划之余，也要记得珍惜、投入、享受、开心地过现在的每一日。盼望在将来，就算我们被生活挤压得不同了，俩人的改变也是向着同一个方向。到那时，将是时候再回圣路易斯，试一试改变了之后，Modesto 的味道。

Modesto（莫德斯托餐厅）
地址：5257 Shaw Ave, St. Louis, MO 63110
电话：+1 314-772-8272

第三十四章

旷工员工的福乐园：Joy Luck Buffet

去年搬到新加坡以后，小别了圣路易斯几个月；这次有机会回来，放下工作，小住几天，休息一下。很挂念圣路易斯的人与物，而 Donna（唐娜）是其中之一。这天，我约了她到福乐园（Joy Luck Buffet）吃中午饭叙旧一番。

福乐园是一家典型的美式自助中餐馆。便宜（6.99 美元 / 位）和未进去已经可以预测到的菜式选项，是这类美式自助中餐馆的共通点。一般这些餐厅会开在不太高级的地段，方便经济比较拮据的黑人顾客到来。黑人可真爱煞了美式自助中餐馆：便宜，量大，重口味，舍我其谁？

自助中餐馆的另一个特色是菜式选择“龙蛇混杂”。有各种“杂碎店”能找到的典型美式中菜如宫保鸡、蒙古牛、香橙鸡等，也有蒙古式烧烤、日式寿司、韩式泡菜等，把这些外国人常常分不清是哪个国家的亚洲菜一网打尽。高级一点的美式自助中餐馆，会加上海鲜冷盘，如连皮鸡尾酒虾（unpeeled cocktail shrimp）、青口（mussel），再高级点的会加上生蚝、蟹脚不等。不知何解，无论多高级的美式自助中餐馆，鸡尾酒虾总是连皮送上，不晓得是否因为中国人对“剥”这动作情有独钟？

相比其他美式自助中餐馆以美国本地人为主要客源，福乐园能够成功地吸引大量中国顾客。靠的，是他们拿手的川菜料理。除了自助餐，福乐园也提供点餐服务，以川菜为主：水煮鱼、辣子鸡、回锅肉、酸菜鱼、毛血旺，全都做得非常地道。他们也做自助四川火锅：香喷喷的味道，热腾腾的辣汤，浓浓的芝麻酱为基调的火锅酱料，好味到有时连外国人也忍不住加入，同涮同乐。

我对福乐园的感情由来已久。在我做博士论文的那几年，有时在实验室闷得慌了，会旷工一两个小时，独自开车来福乐园吃一顿自助午餐；饭毕，视乎心情再决定要不要回去上班。幸亏我当时的老板不爱中餐也不爱吃辣，四年来从未在福乐园撞见过他。毕业后正式在医院上班，工作太忙，难得有机会旷工翘班；但偶尔心情不爽，或者健康饮食了一段时间，还是会来福乐园饱餐一顿奖励一下自己。

当我把这些往事跟 Donna 讲起时，她笑说：“翘班怎么不把我叫上？”

我和 Donna 认识是在我们一起在心脏科研实验室工作的时候。Donna 对生活充满热情，旁人不敢做的事她第一个举手。这对一个年过五十，育有两女的母亲而言，是很不容易的事。在工作和派对上，她的热情总能让她认识到各种新朋友，虽然太多的热情有时会被人误解。

那时候，在得知我还是单身寡佬的时候，她毅然负起红娘的角色，到处帮我物色女朋友。老实说，以我平常工作时极度温柔的语调和动作，真不知道她是怎么发现我不是弯的。在圣路易斯这个中国人不多的地方，神通广大的 Donna 竟然真的找到一个和我彼此合眼缘的中国女孩。Donna 把我带到她们一起上的尊巴（Zumba）有氧运动班，让我见识见识没有粉墨登场的女孩本尊，也表示我求偶的诚意。结果，诚意未表达出来，我已差不多被有氧运动弄得血糖过低累昏当场。

毫无挫折感的Donna继续努力，几番周旋后帮我约到和她第二次约会的机会。这次安全至上，约在了中餐馆里。谁知甫进门第一件事，是我“咔嚓”一声坐烂了椅子。祸不单行，摸着坐烂椅子的屁股，我突然发现忘了把钱包带上。可想而知，第二次约会也是低着头夹着尾巴走路。

有一阵子，Donna的工作和家庭生活都很不如意。细节怎样不说了。那时，我们会约去不同酒吧聊天散心。即使在困难中，印象中Donna也没有怎么吐过苦水，总是往好处看。酒到杯干倒是真的。福乐园没有提供生啤酒等酒品，所以从没有想到来这里。这次我太想念美式自助中餐，才把她约到这儿来叙旧。

这天，Donna和我一边在福乐园吃饭，一边聊起这些点滴往事。 我们从前菜酸辣汤，吃到酱油鸡和芙蓉蛋，到锅贴和干煸四季豆，炸云吞和油扬寿司，到最后甜点的糖粉裹炸甜甜圈和果冻。话题也从点滴往事，聊到我在新加坡的生活，也聊到Donna正摩拳擦掌准备她的激光美容中心开张。和好朋友约吃饭，不须计较地点，不用担心话题，更不必担心餐桌礼仪以及是否吃得太多。坐在简朴的福乐园的Donna和我两个人，为彼此生活里的顺景高兴，为不幸的事共情同理。打一个饱嗝后，我们道别互祝珍重，期待下一次再相聚。

Joy Luck Buffet（**福乐园**）
地址：8030 Manchester Rd, St. Louis, MO 63144
电话：+1 314-645-9982

第三十五章

和巧克力马天尼永远的一夜情：珀丽巧克力酒吧

Dear,

刚写完35篇的最后一篇。

很多故事也许只存在于我的想象里，在现实中没有发生过。

不过，它们在未来有可能成为现实，成为我们共同的故事。

Love,

Jeffrey

珀丽巧克力酒吧（Bailey's Chocolate Bar）位处圣路易斯的中城区（mid town），介乎市中心和商业城区之间。这里有好几家不错的精品特色餐厅，如斯伟尔（Sqwire's）、城市栗子（Urban Chestnut Brewing Company）、万塔娜咖啡（Café Ventana）等，都是充满故事、值得一提的好地方。至于珀丽巧克力酒吧，因为它著名的巧克力马天尼（chocolate martini），成为我常常把外省访客带去的“旅游胜地”。

我几乎从来不喝鸡尾酒，因为我觉得把每日的热量和酒精配额（quota）用在酒精掺糖水上很不值得，个人更偏向把 quota 用在葡萄酒和啤酒上。（American Medical Association——美国医学协会建议成年男士每日服用不超过两份量的酒精，成年女士每日服用不超过一份量的酒精。一份量的酒精定义为 5 盎司的红白酒，12 盎司的啤酒，或 1.5 盎司的烈酒。）而珀丽巧克力酒吧的巧克力马天尼，几乎是我“禁酒令”的唯一例外。

CHOCOLATE BAR ORIGINALS

DECADENT MARTINIS

- THE CHOCOLATE BAR SIGNATURE MARTINI -
Our House Favorite for More Than a Decade
$11.00

DARK
Rich Blend of House Liqueurs
$9.00

MILK
Satisfy Your Sweet Tooth
$9.00

GROWN UP MOCHA
Espresso and Chocolate, Warm & Boozy - $9.00

SEXUAL
We Like It Sweet, Strong, and Just a Little Spicy. - $9.00

RASPBERRY
White or Dark Chocolate
$10.00

BAILEY'S
Smooth, Creamy, and Sweet
$10.00

NOSTALGIC

PECAN PIE OLD FASHIONED
Organic Maple Syrup & Pecan-Brown Butter Bourbon - $11.00

CHOCOLATE-COVERED CHERRY
Layers of Dark, White, and Cherry Chocolate - $10.00

CHOCOLATE MALT-INI
The Kind Grandpa Paid 10¢ for, but with More Booze - $8.00

YOUNG GRASSHOPPER
House Green Tea Ice Cream, Chocolate & Mint - $10.00

RASPBERRY LEMONADE
Raspberry Sorbet, Limoncello, Ketel Citroen - $9.00

ROCKY ROAD TO DUBLIN
Chocolate, Candied Nuts, Toasted Marshmallow - $10.00

SEELBACH
Whiskey, Bitters & Champagne. Make Gatsby Proud. - $10.00

SIDECAR
Loosen Your Bow Tie and Tie on this Classic -$9.00

珀丽巧克力酒吧的巧克力马天尼有好几种不同的口味，由浓郁的牛奶巧克力，到重重咖啡香的摩卡巧克力，到特别口味如甜酸交集的覆盆子巧克力（raspberry）和“性”致勃勃巧克力（sexual）等等。一般去的一群人会一人点一种口味，再一人一口你试试我的覆盆子，我试试你的“性”致勃勃。

如果真的很抗拒烈酒或马天尼巧克力，可以考虑巧克力黑啤酒，或巧克力味红酒。巧克力黑啤酒是用长时间烘焙过的巧克力麦芽酿造，长时间烘焙令制成的啤酒带有浓浓的咖啡和巧克力味道；酿造时加入可可，令巧克力的味道更为突出。我常推荐这款巧克力黑啤酒，啤酒的清爽和巧克力的缠绵很

搭。 至于巧克力味红酒，对我来说，则不尽如人意：很奇怪，巧克力配红酒可以很美味，但掺了巧克力浆的红酒却感觉格格不入。 两种个性很强的味道互不相让，非但没有相得益彰，反而有点红酒被巧克力霸王硬上弓的感觉。 这不太好。

食物方面，我最喜欢他们的芝士拼盘：十几种芝士任君选择，淡味的、浓味的、软的、硬的、牛奶奶酪、羊奶奶酪，适随专便。 重点是，如果是一班朋友来到，芝士拼盘最耐吃，不像其他食物三两口食完令大家再次不知所措。

珀丽巧克力酒吧的装潢很成功地营造了一种催情的氛围：鲜红色的墙壁，漆黑光洁的原木吧台，古典雅致的桌椅，亚黄色的灯光，和一个比一个漂亮而热情的侍应。 如果在室内感到太局促，可以坐在种满“后庭花”的后庭院，在夜里吹着凉风看着晚星尤美。 在寒冷的冬天，后庭院照样为你敞开，但会摆满天然气火灯帮你照明取暖。

氛围催情，食物也如是：巧克力、草莓、酒精等配合，能让食客口动又心动。 餐厅也干脆明目张胆地将其中一份甜点命名为“催情二人套餐”（aphrodisiac for two）：一个大甜点盘上摆满了巧克力、芝士蛋糕、布朗尼巧克力、冰雪酪、冰淇淋、草莓、糖果、糖培根等，情侣

们吃得高兴，店家也卖得高兴。卖的，不单是食物，更是无形而珍贵的珀丽氛围。

数不清到底我来过珀丽巧克力酒吧多少次了。在这里，我和圣路易斯的朋友们留下了美好的回忆：有一次，是帮本来不相熟的朋友庆生，后来慢慢变熟络了；有一次，与高先生和010同来，暖心地聊天；又有一次，五六个朋友去完晚宴后一起盛装而来，一边喝巧克力马天尼一边大谈各自对一夜情的看法，一群人在瞎子摸象，却也摸了个不亦乐乎。

最后一次来到珀丽巧克力酒吧，是和郭主编同来。豪迈的郭眉扬点了杯砵酒 *，娇羞的我点了杯巧克力马天尼。坐在吧台旁边的一对慕名而来的外地情侣，五六十岁，标准中西部白人的样子；男的一杯啤酒，女的一杯巧克力马天尼。我们两对情侣漫无边际地攀谈起来：原来他俩人认识，在一起了几十年，却并未结婚。来到珀丽巧克力酒吧，是“拍拖”来着。姑勿论“拍拖久了是否要结婚”这个大命题，起码欧美人的生活方式有一点是我非常欣赏的：一份爱情，一段关系，不能因为稳定的生活而视为必然；需要时刻地点缀，增添情趣，才不致变得因循，变得乏味。而珀丽巧克力酒吧的旖旎气氛，恰恰能唤醒彼此之间的那份亲密。

偶尔，眉扬和我会一起计划将来，幻想有一天儿孙满堂的日子。我总不免扫兴地提醒一句：将来日子无论如何，子女即使有多令人操心，不要忘记了，路是属于我们两人的路，我们始终要记得把彼此放在自己生活的第一位。路还有很长，真不晓得我们将来是否真能恪守此言。或许，哪一天当关系变得平淡了，该是时候去翻箱倒箧，把这篇文章翻出来，重阅一遍。提醒我们在珀丽巧克力酒吧，和巧克力马天尼曾有过的一夜情；在那珀丽旖旎的气氛中，我们彼此承诺，要成为彼此永远的一夜情对象。

Bailey's Chocolate Bar（珀丽巧克力酒吧）
地址：1915 Park Ave, St. Louis, MO 63104
电话：+1 314-241-8100

* 编者注：波尔图酒在香港被称为砵酒。

骏，

一夜情这种事，演演戏还可以；至于在现实中，我一点兴趣都没有。

大概对我来说不能持久的，就没有意义吧。

但是我知道，你想说的是：一段好的关系要经常保鲜，保持激情很重要。这我倒是很同意。

有个名人，好像是卡尔·拉格菲尔德（karl Lagerfeld）曾经说过：过去的人们二十岁结婚，三十岁就死了；现在的人们三十岁结婚，前面还有五六十年的人生。

长久的关系只有在现代医学发达的情况下才成为一个选项啊，而一旦选了这个选项就要面临前人没有面临的挑战。

我们要一起接受挑战咯！

至于你的担心，完全没必要：我的教育哲学一向是恨不得小朋友一出生就会自己打车回家啦！

倾注过分的关注在小朋友身上，害人害己，趁早另作打算的好。

你永远是我的第一位，我保证！

眉扬

MEIYANG
JEFFREY
10-17-14
MAKE IT RIGHT
$100

后记一

——Jeffrey

这天，我一口气把我们之前写的 35 篇故事一次读完，感慨良多。

真难以想象，一篇接一篇，我们竟洋洋洒洒地写了 35 个故事。

更难以想象的是，在这两年的时间里，35 篇故事前后，眉扬和我的生活起了那么大的，翻天覆地的变化。

在第一篇《时间的味道：老王牛肉面》落笔之时，眉扬和我刚在圣路易斯认识不久，彼此之间彬彬有礼，惺惺相惜；到最后一篇《和巧克力马天尼永远的一夜情：珀丽巧克力酒吧》，俩人已在新加坡定居，相濡以沫，日夕相对。我记得去老王牛肉面的那天，我们先去了密苏里州的酒乡，试喝了不同的本地酒。那时的眉扬，对我和对酒同样一点也不了解；时移世易，现在她已能够把我说了半句的话接上说完，也能够一眼分辨出酒到底是红酒还是白酒。

由相识到委身，圣路易斯到新加坡，这本书见证了我们的关系。或者说，这书本身，就是我们关系的一部分。所以我特别地珍惜，也特别地感到庆幸，能够把这些点滴结集成书，而过程中有眉扬和我相伴同行。

写这些文章的时候，虽然加插了很多不文又庸俗的文字，但还是脱不了浓浓的说教的味道。由《走不完的参观路：百威啤酒厂》对苦的诠释，到《我是打不倒吃不死的死忠饕客：WH 茶餐厅》里对耻毛的感慨和领悟，到《意大利山下的西班牙式浪漫：Modesto tapas》

对生活压力的不安，文章的格式套路，常常是“胡扯一番——介绍食物——有感而发”的模式。但其实我说教的对象，一直都不是在我脑海里印象模糊的读者，而是我和眉扬自己。正如前言里所提到的，写作这书的过程，自娱的心态多于娱人；每篇篇末说教的目的，也是自勉的成分居多。

生活每天都有新的学习，而我们在新加坡的日子才刚刚开始。我很期待，如果有下一本《美闻手札——新加坡篇》，眉扬和我能再次用重口味的文字，在嬉笑怒骂之间，把我们的生命和大家分享。

后记二

——眉扬

开始写这本书的时候，我没想到这本书真的能够写完。人生虎头蛇尾的事做得太多，自然有些惴惴。然而竟然写完了——这都多亏了刘医生，不断给我做事的动力（也因为刘医生写了 85% 的内容）。

总觉得美食、爱情散文针对的对象应该是文艺青年、小清新、小文艺，你若安好，便是晴天。想到这里，才知道一向面皮薄、理性足的我，在认识温柔的刘医生之后，改变了多少。写一本傻白甜的书，是我人生没有过的规划。

然而，拥有一份傻白甜的爱情，又是多么大的幸运呢！